手绘彩插珍藏本

李汉荣散文选

外婆的手纹

李汉荣———著

长江出版传媒　长江文艺出版社

图书在版编目（CIP）数据

李汉荣散文选：外婆的手纹 / 李汉荣著. -- 武汉：
长江文艺出版社，2021.12（2022.7 重印）
ISBN 978-7-5702-2020-5

Ⅰ. ①李… Ⅱ. ①李… Ⅲ. ①散文集－中国－当代
Ⅳ. ①I267

中国版本图书馆 CIP 数据核字(2021)第 043803 号

李汉荣散文选：外婆的手纹
LI HANRONG SANWEN XUAN : WAIPO DE SHOUWEN

责任编辑：梅若冰　　　　　　　　责任校对：毛季慧
封面设计：天行健设计　　　　　　责任印制：邱　莉　杨　帆

出版：长江出版传媒｜长江文艺出版社
地址：武汉市雄楚大街 268 号　　　邮编：430070
发行：长江文艺出版社
http://www.cjlap.com
印刷：武汉珞珈山学苑印刷有限公司

开本：640 毫米×970 毫米　　　1/16　　印张：16　　　插页：7 页
版次：2021 年 12 月第 1 版　　　2022 年 7 月第 2 次印刷
字数：180 千字

定价：36.00 元

目录

第一辑　收藏流淌的时光

我躺下来，与河流并排躺在黑夜的床上，我好像躺在伟大祖先的身旁，与他一道流过万古千秋。

第二辑　重逢在岁月深处

人总是在他的岁月里埋藏一些什么，比如埋一柄斧头，埋一个永远孵不出天鹅的鹅卵石，或是埋一些泪水，埋一段眷恋……

第三辑　万物生灵

但我在许多时候，在动物的眼睛里看见了纯洁、正直、尊严等动人的东西，我想象，那眼睛后面肯定也有情感和心灵。

第四辑 行走天地之间

我们在命运里走来走去，最终却回到出发的地方，并且第一次真正认识它，是这样吗，南山？

第五辑　点亮灵魂的灯

感恩和创造，就成为人生最动人、最壮丽的两个主题。

第六辑　与天地精神往来

人生的最高欣慰和快乐，来自心灵的感动，当我们向万物敞开怀抱的时刻。

越来越接近精神的天空 （代序）

　　人，在人群里行走寻找他的道路，在人群里说话寻找他的回声，在人群里投资寻找他的利润，在人群里微笑寻找回应的表情。生而为人，我们不可能拒绝人群，虽然，喧嚣膨胀的人群有时是那么令人窒息，让人沉闷，但我们终不能一转身彻底离开人群。

　　人群是欲望的集结，是欲望的洪流。一个人置身于人群里，他内心里涌动的不可能不是欲望，他不可能不思考他在人群里的角色、位置、分量和份额。如果我们老老实实化验自己的灵魂，会发现置身人群的时候，灵魂的透明度较低、精神含量较低，而欲望的成分较高，征服的冲动较高。一颗神性的灵魂，超越的灵魂，丰富而高远的灵魂，不大容易在人群里挤压、发酵出来。在人群里能挤兑出聪明和狡猾，很难提炼出真正的智慧。我们会发现，在人口密度高的地方，多的是小聪明，绝少大智慧。在人群之外，我们还需要一种高度，一种空旷，一种虚静，去与天地对话，与万物对话，与永恒对话。伟大的灵魂、伟大的精神创造就是这样产生的。孔子独对大河而感叹时间的不可挽留："逝者如斯夫，不舍昼夜"；庄子神游天外寻找精神的自由飞翔方式；佛静坐菩提树下证悟宇宙人生之般若智慧；法国大哲帕斯卡尔于寂静旷野发出哲人浩叹："无限空间的永恒沉默使我恐惧"；李白"登高望远天地间，大江茫茫去不还"，他不羁的诗魂飞越无限，把多半条银河引入人间，灌溉了多少代人的浪漫情怀；爱因斯坦把整个宇宙作为自己科学探究和哲学思考的对象，他认为人的最大成就和最高境界不过是通过对真理的求索，获得与宇宙对称的灵魂，变得辽阔而谦卑，对这个无限地存在着也永恒地包裹我们的伟大宇宙献上发自内心的敬意……正是这些似乎远离人群的人，为人群带来了太丰盛的精神礼物。在人群之上利益之外追寻被人群遗忘了的终极命题，带着人群的全部困惑和痛苦而走出人群，去与天空商量，与更高的存在商量，与横卧在远方也横卧在我们内心深处的"绝对"商量，然后将思想的星光带给人群，带进生存的夜晚。

为此我建议哲学家或诗人不该有什么"单位"，在"单位"里、在沙发上制作的思想，多半只有单位那么大的体积和分量，没有真正的精神价值。把存在、把时间、把宇宙作为我们的单位吧，去热爱、去痛苦、去思想吧。

作为芸芸众生的一员，我也不愿总是泡在低处的池塘里，数着几张钱消费上帝给我的有限时光。我需要登高，需要望远，我需要面对整个天空作一次灵魂的深呼吸，我需要从精神的高处带回一些白云，擦拭我琐碎而陈旧的生活，擦拭缺少光泽的内心。

我正在攀登我的南山。目光和灵魂正渐渐变得清澈、宽广，绿色越来越多，白云越来越多，我正在靠近伟大的天空……

第一辑

收藏流淌的时光

我躺下来，与河流并排躺在黑夜的床上，我好像躺在伟大祖先的身旁，与他一道流过万古千秋。

瀑

　　赞美瀑布的诗文太多太多了。打开唐诗宋词，便有瀑布之声从时间深处传来，打湿我干涸的思念。

　　真该感谢瀑布：它滋润了诗人的情怀，洗涤了画家的心胸，浇灌了一代代赤子们的创造激情！

　　每一次我来到瀑布面前，或远远地看见瀑布的身影，我总是激动不已，欲狂欲歌！

　　它来了，它从命运的高处来了！它兴冲冲地来了！如儿童追逐一只彩蝶，如少年捕捉一个幻影，如青年赶赴一次约会；它来了，它跑着笑着唱着舞着，它越跑越快，越笑越开心，越唱越激动，越舞越狂热！

　　它来不及选择，便从高高的悬崖跌入深深的峡谷！

　　我没有听见它的叹息，更没有听见它的哭声，我听见的是海潮，海潮，海潮，依旧是海潮。

　　我听见纯真的笑，迷狂的笑，灿烂的笑。

　　我听见十万群山一片笑的和声。

　　瀑布碎了，水复活了，水沸腾了，雪浪，雪浪，雪浪……

　　瀑布来了，又来了，它每一刻都在壮丽地死去，每一刻都在庄严地新生。不停降临的瀑布，分娩着层出不穷的雪浪。

　　不间断地受难，不间断地死去，不间断地涅槃；不间断地体验着生与死的大喜悦！

　　高潮陷落在深渊，深渊里涌动滔滔不息的高潮！

瀑布的一生，是高潮迭起的一生！

柔弱的水，女性的水，阴郁的水，在悬崖上，在忘情奔流的途中，写着大智大勇大起大落的传记！

我有水的气魄吗？如果我追寻的真理隐藏在寂寞阴冷的深谷，我敢拒绝头顶云霞的诱惑，毅然从悬崖上跳下，去殉我的道吗？

我有水的意志吗？不舍昼夜，不拒涓细，心系一处，情注一方，以坚韧得近乎愚蠢的耐心，以百年千载为一个工时，把顽石打磨成细细的沙粒！

我有水的纯洁吗？不管地壳裂变，阴阳错乱，候鸟变换着格言，云雾修改着脸谱，水的女儿，不改冰清玉洁的品性，升天入地，依旧是晶莹明洁的赤子心。纵使在绝望的命运里跌碎了，也是明亮的碎片，干净的颗粒。

我有水的忠诚吗？天真地活着，坚贞地爱着。不羡慕南面的金山，东面的银山，西面的铜山，爱上了这北山，就千年万载厮守着它的清寒、孤独和庄严。当金山垮了，银山倒了，铜山裂了，它依旧唱着对北山的初恋。北山寒冷而高峻，北山的峰顶有古老的积雪，那是爱的源头，高洁的爱总是在人迹罕至的地方发源……

瀑布，以经典的方式，把水的品质大写在天地之间。

读瀑，我读到了我的浑浊、平庸和贫弱。我的生命早已熄灭了激情，仅有的只是死水和微澜。

在瀑布的大生大死面前，我知道我只是个苟活者；在瀑布的大激情面前，我顿悟我往日的那些自以为很壮烈的情感，只不过是池塘里泛起的泡沫；在瀑布的大手笔面前，我发现我写的那些文字，包括"大师"们制造的那些所谓"经典"，多半是燥热、昏蒙的诳语，耐不住寂寞的蛙们的妄言。

终生囚禁在悬崖上，终生是自由的歌者。

时时刻刻在死去，时时刻刻在诞生。

我想做一次瀑布，从高高的悬崖，向深深的命运，纵身一跃……

林中溪水

一条大河有确切的源头，一条小溪是找不到源头的，你看见某块石头下面在渗水，你以为这就是溪的源头，而在近处和稍远处，有许多石头下面、树丛下面也在渗水，你就找那最先渗水的地方，认它就是源头，可是那最先渗水的地方只是潜流乍现，不知道在距它多远的地方，又有哪块石头下面或哪丛野薄荷附近，也眨动着亮晶晶的眸子。于是，你不再寻找溪的源头了。你认定每一颗露珠都是源头，如果你此刻莫名其妙流下几滴忧伤或喜悦的泪水，那你的眼睛、你的心，也是源头之一了。尤其是在一场雨后，天刚放晴，每一片草叶，每一片树叶，每一朵花上，都滴着雨水，这晶莹、细密的源头，谁能数得清呢？

溪水是很会走路的，哪里直走，哪里转弯，哪里急行，哪里迂回，哪里挂一道小瀑，哪里漾一个小潭，乍看潦草随意，细察都有章法。我曾试着为一条小溪改道，不仅破坏了美感，而且要么流得太快，水上气不接下气似在逃命，要么滞塞不畅好像对前路失了信心。只好让它复走原路，果然又听见纯真喜悦的足音。

别小看这小溪，它比我更有智慧，它遵循的是自然的智慧，是大智慧。它走的路就是它该走的路，它不会错走一步路；它说的话就是它该说的话，它不会多说一句话。你见过小溪吗？你见过令你讨厌的小溪吗？比起我，小溪可能不识字，也没有文化，也没学过美学，在字之外、文化之外、美学之外，溪水流淌着多么清澈的情感和思想，创造了多么生动的美感啊。我很可能有令人讨厌的丑陋，但溪水总是美好的，令人喜爱的，从古至今，所有的溪水都是如此的可爱，它令我们想起生命中最美好纯真的那些品性。

林中的溪水有着特别丰富的经历。我跟着溪水蜿蜒徐行，穿花绕树，跳涧越石，我才发现，做一条单纯的溪流是多么幸福啊。你看，老树掉一片叶子，算是对它的叮咛；那枝野百合投来妩媚的笑影，又是怎样的邂逅呢？野水仙果然得水成仙，守着水就再不远离一步了；盘古时代的那些岩石，老迈愚顽得不知道让路，就横卧在那里，温顺的溪水就嬉笑着绕道而行，在顽石附近漾一个潭，正好，鱼儿就有了合适的家，到夜晚，一小段天河也向这里流泻、汇聚，潭水就变得深不可测；兔子一个箭步跨过去，溪水就抢拍了那惊慌的尾巴；一只小鸟赶来喝水，好几只小鸟赶来喝水，溪水正担心会被它们喝完，担心自己被它们的小嘴衔到天上去，不远处，一股泉水从草丛里笑着走过来，溪水就笑着接受了它们的笑……

我羡慕着溪水，如果人活着，能停止一会儿，暂不做人，而去做一会儿别的，然后再返回来继续做人，在这"停止做人的一会儿里"，我选择做什么呢？就让我做一会儿溪水吧，让我从林子里流过，绕花穿树，跳涧越石，内心清澈成一面镜子，经历相遇的一切，心仪而不占有，欣赏然后交出，我从一切中走过，一切都从我获得记忆。你们只看见我的清亮，而不知道我清亮里的无限丰富……

河　床

河也有床，河躺在床上做着川流不息的梦。

河躺着，从远古一直到此刻，河不停地转弯改道，那是它在变换睡眠的姿势。

远远看去，河的睡相很安详。那轻轻飘动的水雾，是它白色的睡衣，时时刻刻换洗，那睡衣总是崭新的。

远远地听，河在低声打着鼾，那均匀的呼吸，是发自丹田深处的胎息。河是超然的，恬静的，它睡着，万物与它同时入静，沉入无限澄明的大梦。

河静静地躺着，天空降落下来，白云，星群降落下来，也许待在高处总是失眠，它们降落下来，与河躺在一个床上，河，平静地搂着它们入梦。

一只鸟从河的上空飞过，它的影子落下来，于是它打捞自己的影子，它把更多的影子掉进河里了。于是世世代代的鸟就在河的两岸定居下来，它们飞着、唱着，繁衍着、追逐着，它们毕生的工作，就是打捞自己掉进水里的影子。

河依旧静静地躺着。河床内外的一切都是它梦中展开的情节。

河躺着。它静中有动，梦中有醒，阔大的梦境里有着沸腾的细节。河躺着，它的每一滴水都是直立着的、行走着的、迅跑着的。一滴水与另一滴水只拥抱一秒钟就分手了，一个浪与另一个浪只相视一刹那就破碎了。一滴水永远不知道另一滴水的来历，一条鱼永远不知道另一条鱼的归宿。波浪，匆忙地记录着风的情绪；泡沫，匆忙地搜集着水底和水面的消息，然后匆忙地消失了，仿佛美人梦中的笑，醒来，连她自己也不知道她曾经笑过。

匆忙，匆忙，每一滴水都匆忙地迅跑着，匆忙地自言自语着，匆忙地自生自灭着，远远地，我们看不见这一切细节，我们只看见，那条河静静地躺在床上。

有谁看见，河床深处，那些浑身是伤的石头？

夜晚的河流

　　远远地，我听见河流的声音，那是一个熟睡的老人，梦境里发出的鼾声。

　　我轻轻走过去。轻轻地，我不能冒失地走近一位长者。我怀着尊敬的心情，去探望沉入睡梦中的孤独老人。

　　我看见了河流的睡相。在蒸腾的夜气里，在灰白的雾帐下面，他枕着冰冷的石头，裸身睡在古老的河床。

　　河流的身体多么柔软和修长，服从坚硬的地理，他弯曲着睡眠，他一路折叠了多少波涛？

　　我站在河流的身边，我站在一位躺着沉思的老人身边。我不必问他在想什么，他的每一滴水都是思想。

　　即使最平静的时候，他仍然在记忆深处，抚摸过去年代的沉船。

　　我根本不能想象，一个老人白发后面积压了多少霜雪；我根本不能想象，一条河流的身体里埋着多少世纪的闪电。

　　即使在最黑的夜晚，河，仍然睁着明亮的眼睛，河不会迷路。没错，即使河闭着眼睛，也能到达他的目的地。

　　谁都陪伴过他，谁都很快离开了他。石头陪他一程，很快变成沙粒；鸟陪他一程，很快变成幻影；人陪他一程，很快变成传说；苍茫里，一条孤独的河自己走着自己。

　　谁不曾被河流照料？谁不曾听过河流的叮咛？即使最残忍的暴君，他也不能靠嗜血度过一生，当他渴了，端起盛水的碗，他是否也会看见，河流那仁慈的眼神？

我们似乎不知道，在这唯一一次的人生里，能与河流相遇，是怎样的幸运？这是万古一次的相遇，一条河环绕我们短促的一生。可是我们一次次辜负了河流，也伤害了河流。河给予我们清澈，我们报之以浑浊；河给予我们辽阔，我们报之以阻塞；河给予我们甘泉，我们报之以污秽；我们把恶毒的欲念抛给他，把手中的垃圾抛给他，把胡言乱语抛给他……

饱受凌辱的河流，默默地转过身去，一次又一次原谅了我们，在夜色深处，他独自吞咽着那难以下咽的食物，把痛苦的泥沙埋进心底。

此时，我弯下腰，把手伸进河流，我感到了河水的寒意，我知道，这是河流在为燥热的我降温，在为因高烧而龟裂的岸降温。

我继续弯着腰，我用双手搅动河流，我想制造一点波浪和漩涡，河水随着我的手起伏了片刻，又很快恢复了平静，我由此知道：一生一世，我对河流的影响，比一条鱼对河流的影响，要小得多。

我躺下来，与河流并排躺在黑夜的床上，我好像躺在伟大祖先的身旁，与他一道流过万古千秋。一卷卷史书，被我一页页展开，一页页打湿，一页页翻过。你听啊，随便打开一本书，总是哗啦啦的声音，那正是河流的声音。

我躺下来，与河流并排躺在黑夜无边的床上。像河流那样坦荡入睡真是幸福啊，没有噩梦没有鬼怪，宽广的梦境里覆盖着全宇宙的星光。

我躺着，我想象着，河流的心里一定怀着一个简单的期待：与他相遇的人们，都是纯真的孩子，干干净净地走过或游过这一段湿润的时光，他将收藏他们干干净净的身影。

我躺着，我想象着：河流走着走着就把自己走丢了，当他一觉醒来，看见了海，却找不到自己，那时候，他该是何等惊慌？

我知道，我的到来并没有减少河流的寂寞，这位习惯于躺着沉思的老人，仍然像远古那样，怀抱着巨大的孤独和感伤……

古　井

　　村头那口井，很古很古了。老人们说是明朝传下的，就叫它"明井"；也有人说是宋朝就有这口井，就叫它"宋井"；还有人说这井不会那么久远，至多是清朝才有的，就叫它"清井"；更有人说井壁上的砖很像唐朝的砖，自然是唐朝的井了，就叫它"唐井"。

　　村外有小河，河水清冽，离河近的人家平日就取河水饮用，涨水了，河水变浑，就到井里去挑水。忙碌的大人们就呼唤孩子："黑娃，去宋井挑水"；"二春，到明井挑水"；"菊儿，翠儿，快去清井抬一桶水"；"喜娃，到唐井取水去"。

　　各家取用同一个井的水，却又不是同一个井。水在井外边是平平淡淡的水，水入了井就不一样了，就成了"宋井水""清井水""明井水"……瞧，这时候，喜娃挑着木桶到唐朝的井里取水去了，当他低下头，在井水里看见的是唐朝的哪一片云哪一颗星星呢？

　　后来有人开会严厉批判说：什么"宋井""清井""明井""唐井"，全是封建主义的陷阱，革命的水怎么能装进封建腐朽的泥坑里？于是就发动村人把古井填了，在旁边重新挖了一口井，叫作"革命井"，并竖起两根水泥柱，写了对联"做革命人，吃革命水"。早晨或黄昏，村里就传来了这样的喊声："娃，快去挑革命水"；"二姐，还不到革命井挑水去"……当他们低下头来，在井水里看见了什么？革命的星星？革命的云？革命的鸟？——它们不是在辽阔的大自然里飞翔，它们是在革命的井里革命？或是在反革命？

　　再后来，"革命井"的名字废了，就叫"井"。许多人说这井水不香，不清爽，有化肥和农药味，吃了这水常年拉肚子，失眠，做噩梦，梦见井里有鬼，有恶人从井里爬出来吃人，有人说井水里的月亮，像恶魔的脸。

人们怀念起古井来，说起它种种的好处，大家都有些"发思古之幽情"。有的说：到宋井挑水，我就记起清丽的宋词。有的说：唐井里的月亮，眉清目秀，还能嗅到月桂的芳香。有的说：舀起明井的水，就像捞起了过去的时光和先人们的眼神。有的说，到古井挑水，就像回了一趟古代，在古时候的水边小立了一会儿。有的说，我没有想这么多，我只觉得古井里的水是好水……

就有人动议将"井"填掉，重新挖掘那口古井。他们说，这村子过去出过好多秀才文士和有德之人，都是喝古井的水长大的，这村子那点文脉，还不是靠这水土、靠这古井涵养的？

动工的时候才发现，古井在当年已用水泥混凝土灌封死了，水泥一直灌到井底，革命一直进行到地底。唐朝的月宋朝的云先人的目光祖母们的身影都已深埋，在铁硬的水泥下面，时间和记忆再不荡漾。

沮丧的人们就用炸药轰击水泥，企望掏出心中那口古井，让那清冽的古井水重新注入生活。轰隆数响过后，水泥被揭去，挖呀掏呀，终于现出古井的轮廓，水很快满溢了，一尝，却是满口的农药味、化肥味，以及种种怪味。

宋井水呢？唐井水呢？

人们请来了有学问的人，一察看，说是古井底下过去是一眼泉，说不定春秋战国或更古的年代就有了这眼泉，说这口井是宋井、唐井都不是妄说，说它是汉井春秋井商井，又何尝不可以呢？这是口源远流长的井。可惜，这古井已经废了，在你们用炸药之前，它的泉脉就已被毁掉，毁在哪里，谁也说不清；也许好久了，它的泉脉一直在断断续续被毁着。当然也说不定，那泉脉在我们不知道的地方仍潜行着。

不过，这口井是废了。尝尝，它哪是井水呀？它和废水沟里的水有什么两样呢？这水是不能用了。

古井的遗址留下一个名字：废井。

顶针：一生的戒指

它不是装饰，虽然很像装饰。

远远地看，在灯光和日光里，妈妈的某根手指闪着光斑，妈妈戴着戒指。

那是顶针，缝衣、补衣、绣花、做鞋的时候，也就是做"针线活"的时候，妈妈就戴上它，戴在那根最辛苦最忠厚的手指上，一般是右手的中指。

最大的活是为一家人做过冬的棉鞋，鞋底很厚，民间叫作"千层底"，因为晴雨都要穿，鞋底薄了不保暖还会渗水。多半寸厚的鞋底，都由碎布层层叠起，每层都敷有糨糊粘连，然后用密密的针线穿凿。鞋底上纵横排列着数百上千个针眼。鞋底做好了，再缝上鞋帮，然后又用棒槌捶打使之定型，放在阳光下晾晒，一双冬鞋才算完工。

你能想象，在这些制造温暖的工程里，妈妈的手承受着多大的压力，甚至可能的伤痛。针领着线，线随着针，在手的导引里，穿过"千层"的雾，"千层"的夜色（因为妈妈常在夜深人静的时候，专注地做"针线活"），然后到达鞋底的另一面，到达生活的另一面。针和线在紧张的穿越后，每每是颤抖着到达另一面的，这是它们的驿站，稍息之后，它们又将深入生活的底部，重走另一面，然后再返回来。

在这个驿站里，迎送它们的，是母亲的手指，是那刚毅的顶针。

顶针，是的，是顶——针。针有时也不愿见缝插针了，生活中，飘逸的绸富丽的缎极为罕见，更多是褴褛的片段需要补缀，坚硬的细节需要穿凿。就这样，同样是金属做的，顶针，你必须去顶那根针，顶它，支援它，让它不要中途退下来，用力，再用力，到鞋底的那一面，到布的那一面，到衣服的那一面，到生活的那一面，去看看，再回来，认认真真缝补日子。

是的，针线活、针线活，针、线、布料，在妈妈的手里，都是那样敬业、镇定、专注地工作着。鞋的式样，衣服的式样，生活的式样，就渐渐成形了。

顶针上密集的针孔，是金属的伤口，它以提前预备的伤，承受更多的伤；它以先天的痛，承受后来的痛。

而十指连心。它也是一颗忠厚隐忍的心的造型。当命运的针线无数次穿过来，妈妈的心，该留下多少密集的针眼？

这沉默安详的金属，因藏纳着如此密集的痛点，如此密集的目光和心情，它应该是世上最珍贵的器物。

所以，妈妈即使不做针线活的时候，也戴着那枚顶针。

它是伴随妈妈一生的戒指。

它是浓缩的星河，绕着妈妈的手指旋转，它是我们的银河系⋯⋯

银手镯：乡村的华丽

　　它肯定来自一个久远的年代。它辗转、逗留于许多身体，许多手中。它隐秘的经历已无从考证了，不知是何种机缘，它来到了母亲的腕上，使她单薄的命运里突然增加了一分幽深，一分传说般的秘密。特别是在月夜，母亲静坐于小院里，月光透过槐树的枝叶、透过葫芦架上的藤叶和喇叭花暗蓝的花朵，连续不断地洒在母亲的身上头发上，洒在她的手臂上，洒在手镯上，手镯立即知恩必报地对这远道而来的月光做出应答，也报以源源不断的反光，它银质的心里一定以为这反光也会到达天庭，到达月亮的心上。这时候我会以为这月亮就是一位德高艺精的银匠，他连夜行路，来到每一个等待的门口，每一个安静的院子，每一个寂寞的窗前，他一眼就看见了那些脸，那些手，一眼就看见了那些等待它打磨、镀亮、加固的东西，他一眼就看见了母亲那贞静，还有几分羞涩的银手镯，于是，他反复端详，反复抚摸，用他保存在天上的最纯真的光，用最娴熟的手艺，静静地，为之洗尘，为之着色，在透明里，再加上一层透明。这时候，我就觉得，这乡村的夜晚，民间的夜晚，古老中国的夜晚，其实是一个辽阔、神秘、清澈、安详的首饰铺，你听啊，人间天上，无数灯火，无数星光，都在安静地锻打，那按照我们内心的样式做成的一切，寺庙、古塔、房屋、桥梁、仓库、驿站、渡船、田园、酒肆、茶馆、学堂、摇篮……都在被天意打磨，被银河浇铸，被这清凉的月光抚摸。连这小小的母亲手上更小的银手镯，也在天意的笼罩里，在月光的抚摸里。此时，银手镯，是如此温存地紧贴着母亲的手，也是如此满足地安卧在月光宽阔的怀里。

　　清寒乡村生活中的一点华丽，一点安静的高潮。银的品质是洁，是慢，是稳，这恰好对应着古中国的文化性情和民间意蕴，对应着母亲们内心的期许。我能想象母亲们——世世代代的母亲们，她们经历多少生荣死哀和日常的愁苦，才走完自己的一生，走进家族深远的夜空。几多落花擦过额际？几多枯叶缀上衣襟？几多流水带走熟悉的人群？几多雁阵驮走脸上的笑颜？而当她低眉叹息间，以手抚手，她看见了，她握住了这小小的银手镯，是的，它没有变，没有丢失，它守着洁、守着慢，守着这分安稳，守着她细细的脉搏和体温，也守着它辗转漂泊的秘密身世，守着这温暖的手、羞怯的驿站。

　　就这样，银手镯，小小的银手镯，守着一分天长地久的慢，天长地久的贞洁……

棒槌：河流的尤物

它多是柳木做的。柳生于水边，性柔，禁得起水浸雨泡；忠厚的木质，少了坚硬，天性里没有蛮横，不会恃强傲物或以强凌弱。"昔我往矣，杨柳依依；今我来思，雨雪霏霏"。几千年前，她就摇曳成一种意境，依依成一个永恒的动人意象。也许，也是在几千年前，人们发现了她的美，同时也发现了她温厚的内质，在她倒下来，不能"依依"站立的时候，她就依依地躺下，依依地来到母亲们的手中，守在女儿们的河边，温柔地捶打着那等待清洗的衣裳和生活。

我常常想象：从女娲以后，从古中国的天空下出现第一匹布，第一件衣裳的时候，从我的先人们懂得拆洗生活、换洗灵魂的那个早晨或黄昏，水边的柳树，多么聪颖灵秀的柳呀，她一眼就发现，那些待洗的衣裳待洗的日子，它们也发现了她，于是一株柳就俯下来，躺下来，变成一个"一"字，多么简单，简单得就像一，就是一。这盈盈一握，从此就没有离开过女儿们的手，没有离开过母亲们的河，没有离开过我们世世代代的衣裳。

我常常想象：古中国数千年的民间，广袤的乡村、市镇、山野，大大小小的无数河流、溪涧、泉池、塘渠，那血脉般涌流交织的清澈水边，那雨后的早晨和夕阳返照的黄昏，忙碌着多少洗衣的女儿，浣衣的母亲，古中国的河流里，交响着温柔又清越的棒槌的声音。

这该是怎样动人的情景。男儿们放牧去了，打猎去了，耕地去了，征战去了，守边去了，赶考去了，读书去了，远游去了……留下这千针万线的日子，带回这千山万水的风尘。于是就把它们带到河边，交给清流，洗啊，揉啊，搓啊，负重的岁月和起皱的记忆，需要适宜的手感和腕力，去抚摸去校正去恢复，于是，棒槌举起来，又落下去，一遍遍捶打之后，一次次漂洗之后，一度蒙尘的生活又找回了自己的清洁，一度走样的衣服又找到了自己的式样，于是，清凉的河风里又飘起清新的衣香。

我常常想象：古中国的河流，该是世上最清澈的河流，就因为有无数的女儿们母亲们，贞洁地守在岸边，她们美丽、安详的面容，抚慰和过滤了每一寸河面每一个波浪，所以，古中国的河水很少断流很少污染，总是长流长清。古中国的河湾，该是世上最婉约最有风情的河湾，洗衣的女儿们母亲们，把她们最隐秘的心情带到水边，把她们赤裸的脚，干净勤快的手交给水，把她们的身影一次次交给水，她们洗衣、抖衣，水里也有许多个影子——她们的影子，也在洗衣、抖衣——是的，她们在漂洗岸上的生活，也在淘洗更深处水里的生活，在淘洗更深处水里的心。于是河湾大片大片的水仙、百合、灯芯草、兰草就茂密地生长起来，一直蔓延到诗里词里歌谣里，蔓延成代代传诵的风雅颂，蔓延成古中国心灵的馨香。

我常常想象：有无数爱清洁爱干净的母亲们女儿们，在世世代代的河边，世世代代为我们洗衣，我们的祖先曾经是世上最清洁的种族，他们穿着干净得体的衣裳，有着温厚儒雅的仪表和风度：身上的钱财也许不多，饰物也不多，但贴身的地方都深藏着道和礼，贴心的地方都揣满情和义，衬衣是诗，领口是词，袖里藏歌舞，鞋上有佳句，一路走过去，踏着平平仄仄的韵。随便一个衣兜里，随时都能掏出琴棋书画；那素净的长衫、对称的衣襟，月夜里风一吹，就衣香满地，捧起来稍加整理，都是一卷卷山水情思、田园意趣、四时豪兴。那被女儿们母亲们用清流漂洗，用棒槌捶打的衣服，总是保持着好看的样式；淡淡的衣香，掺和着书香、墨香、酒香、茶香和草木的清香，经久不息地缭绕在古中国蜿蜒的河岸。

那些河边的石头是幸运的。被女儿们母亲们的身体暖热，它们也有了温润的灵性；湿漉漉的手无数次抚摸了它们沧桑的脸，它们的面容，不再单调呆板，而变得丰富、神秘而生动；最严厉的该是棒槌了，霜晨月夜里，一次次温柔的教诲，恳切的敲打，它们冥顽沉沦的心终于受到震动，并且渐渐苏醒，于是我们总能在古老的河边，找到蕴玉藏金的宝石。

在古中国随便一条河流里，你拾起一块石头，也许都曾是洗衣石，都能发现母亲们的手纹，贴近耳朵，你能听见从诗经的水边，从唐诗的河边，从宋词的溪边，传来此起彼伏的棒槌的声音。

我至今记得母亲在河边洗衣的情景：

将一件件衣服浸在河水里，然后敲开皂角，敷上衣服，放在洗衣石上，揉、搓、用棒槌敲打，皂角的洁白泡沫芳香而弥漫，母亲的手在雪浪里波动。接着，放进清流淘洗、抖摆、拧干，然后晾晒在河边的石头上或杨柳枝上，微风吹来，河边起伏招展着的，都是日子的颜色和生活的式样。

当母亲抬起头来，才忽然发现：被她漂洗过的天空，变得更加宽广湛蓝；被她揉搓过的山色，也变得更绿更深远。

就这样，我们的生活，被爱干净的母亲经常清洗着，虽然朴素，有时还打着补丁，但总是清洁的，飘着淡淡的衣香。

在母亲的身边，在衣服的附近，棒槌，安静地歇息在浅浅的水里，涟漪漾过来，它就随之轻轻荡一下，有时赶路的河水漫过来想把它带走，它漂起来，荡漾了几下，就又固执地回到母亲的手中，依依地，如河边那依依的柳……

时光的收藏

榆木书桌

看得出来，它上面还有斑斑点点的残漆。数百年前，我的先人曾仔细为它上漆、打蜡。一方柔和的亮光，使这户耕读人家，能随时拂去劳作的倦意，伏案捕捉内心的光线；那幽幽木香，让平淡的日常生活，缭绕着别样的气息。

后来，漆渐渐磨损、脱落，固执的时光之蝉，终于挣脱蝉衣，鸣叫着向远处飞去，在逐渐黯淡下来的记忆的房间，它笃定地站着，依旧保持着儒雅的姿势。它平淡的容颜，呈现着素朴的木质，也折射着我先人本色的品行。

我的祖父曾伏在它的上面，我的祖父的祖父都曾伏在它上面，我的先人们一直伏在它的上面，读易读史，诵经诵诗，画春画秋，记人记事，写情写义。当时，画眉在田野点染春泥，燕子在梁上朗诵农谚，线装的孔孟偶尔出现残页，于是在桌上被仔细装订，鸟儿们远远近近地插嘴，也在旁注着古奥的文字。于是那湿润的呢喃，也被装订在书页里了，古意夹着新意，经声和着鸟声，书香叠着稻香，耕读的日子就有了日上三竿的欢喜。

有时，疾病和悲苦随秋雨袭来；有时，离散和夭折，兵戈和马蹄，冷不防打断严谨的农历，那桌上摊开的祖传方子，就及时做些加减。不大的桌面，望闻问切着广袤民间的病苦，有的减轻了，有的治愈了，

而有些暗疾，则像腐殖土一样沉淀下来，催生了只可意会不可言传的秘方和偏方，那是特有的民间异禀和草根智慧。谁能从桌上细密的纹理，取出几百年前疾病的叹息和药草的气息？

此时，我在桌面靠右的一角，看见了一个小小的虫孔，那是一只什么虫儿打凿的工程？蚂蚁？木蜂？钻木虫？装死虫？很可能是装死虫吧。我愿意它就是一只装死虫。那时，榆树还生长在明朝的原野，几个贪玩的孩子轮番爬上榆树，其中有一个就是我的祖先，他爬上来了，坐在枝杈高处，手搭凉棚，眺望村庄的春天，眺望远山的青黛，顺便打量炊烟和人生的去向。就在这时，离他不远的一只虫儿也坐在树的肩膀眺望和打量，眺望葱茏的宇宙，打量榆树的味道。虫儿发现了他，一阵战栗抽搐之后，它立即假装死过去了。就这样，虫儿躲开了一个顽童，也躲开了可能的伤害，我们可以理解是虫儿礼让了他，礼让高大的"神灵"占据更多的树木和更多的宇宙。但他没有看见这谦卑礼貌的虫儿，他只看见树身上一条静止的暗黑色疤痕。虫儿的机智死亡，使数百年前的那个下午变得异常安静和仁慈，附近庙里的钟声连着响了六下，报告慈航普度，众生平安。

而当我的祖先和他的小伙伴们呼喊着溜下榆树，装死的虫儿立即复活了，它继续它的神圣工程，它连续七天七夜凿啊钻啊，它吃住都在这庄严的工地，它一定要为自己短暂辛苦的一生，打凿一条连接永恒的通道，它一定要用隐秘的艺术手法，记载自己的梦境和心迹。

它以天真的智慧和精细的工艺，终于开凿了一个曲曲折折的时空隧道。数百年前它的那次冒险经历，它与孩子们相遇的故事，原野的阳光、鸟声、草木香气和附近庙里的经声钟声，庄稼地里男人们对唱秧歌的粗犷声音，铁匠铺里叮叮当当锻打农具的声音，老牛寻找牛崽的哞哞声，鸡鸣狗叫的声音，集市传来的叫卖的声音，村口母亲们高一声低一声喊孩子回家吃饭的声音，以及缭绕在树上的我的祖先衣服和身体的气息，他们用力爬树划在树上的手指印痕，他们坐在枝杈上哇啦啦对着远方呼叫的声音——细心的虫儿把这一切都收藏在它开凿的时空隧道里——

此时此刻，我悚然一惊，终于知道，我伏在这古老书桌上，其实一直守在这个洞口，一直在眺望深不可测的时光……

车前草

"停下来，别走那么快"，她伸出羞怯的小手，拦在接踵而来的车轮前，轻声劝说着。

她纯真的手势，固执地比画着，而鲁莽的车轮，被更鲁莽的历史驱赶着，它顾不得留意路上的细节，它不在乎也不理解，那手势比画着怎样的深情，怎样的苦情。

它们呼啦啦碾过去了。冰凉的车轮磕腾了一下，又磕腾了一下，它们在连续的磕腾声中头也不回地驶远了。

时光冷漠的轮子，碾碎了多少温柔的心。

她受伤的小手，流着碧绿的血液，夕阳久久地在天边低垂，久久不肯落下去，历史的原野上，闪烁着苍凉的暮色。

漠然的车轮，一次次被染上淡紫的血色，春天的血液，一直流到夏天和秋天。

直到深冬，大地僵冻，老练的物种们纷纷归隐或沉沉冬眠，知趣的花草们也随北风遁去，而在生活和历史必经的路上，车前草，依然身着夏天的衣衫，缄默地守在路边道旁，等待着路过的各种车轮，要对它们说点什么。

天真的小手，仍然像春天和夏天那样举着，打着固执的手势。

她们举起的手，有时就密集地攥在一起，纠结着挡在车轮前。

"停下来，别走那么快。"她一遍遍重复着这句箴言，尽管所有年代的流行词典都拒绝收入这句箴言。

她一遍遍重复的话语和固执得近于纠缠的温柔羁绊，终于使一些车轮，犹豫着思忖着，不得不慢了下来。

战车慢了下来，死亡和不幸慢了下来，箭矢和刀斧的锋芒，因了那泪水的浸染，而显得稍稍迟疑和暗淡；拦截战争和阻止死亡的，竟是如此柔弱的一群。这堪称英勇的羁绊，使历史打了一个个趔趄被迫减速，于是战车慢了下来，甚至停了下来，死神的一部分日程被取消，线装的史书里，终于出现了安宁的段落和平静的炊烟。

刑车慢了下来，暴戾慢了下来，历史暗夜里的雷霆慢了下来，死亡慢了下来。嵇康终于还有那么一小段时间，得以复习一遍心爱的广陵散，让金石之声在失传之前，再发一次金石之声。金圣叹也还来得及，在落日未落之前的一小会儿，在心爱的唐诗里，再站立一小会儿，让杜甫的落日，再照耀他一小会儿。

婚车慢了下来，生活慢了下来，青春走失的速度慢了下来。那么多母亲的手，簇拥在路上，簇拥在时光的车轮前，新婚的步履总是踟蹰不前，女儿们伤感的眼泪，打湿了故园的芳草，当她们一步三回头，看见村头的小河，也一步三回头，绕来绕去走不出祖母的臂弯。拦不住，一代代青春终于都远嫁异乡，而一步三回头，却成了一代代女子们远行的仪式和走路的习惯。

官车慢了下来，杜牧慢了下来，刘禹锡慢了下来，柳宗元慢了下来，苏东坡慢了下来，辛弃疾慢了下来，他们索性从公文里一步跳下来，离开官道，背过王朝，转过身，沿着露水盈盈的小路，朝鸡鸣狗叫的村庄和田野走去。走在草香和药香弥漫的阡陌，他们发现了广袤的民间，那是多么沉寂又是多么深沉、多么热闹的民间。于是，更多的诗、更多的风情被发现了，古国的诗卷里，终于有了一抹来自草野的葱翠和清香。

"停下来，别走那么快"，她伸出嫩绿的小手，打着固执的手势，劝说着所有年代的车轮，她要挽留时光那一闪而过的鲁莽背影。

……

今天下午，我骑着老式自行车，绕开高速公路和高速铁路的纠缠，逃出钢铁的围困和噪音的轰击，我背对时代，与现代发生了激烈的争吵和摩擦，然后，我好不容易摆脱了手机的跟踪和电子的追捕，终于，在时代的远郊，我失踪于深山更深处的幽谷里。

我看见她了，一丛丛、一簇簇，安静地守在石头旁，守在野径上，守在林子里，守在还没有被植物学归类的野草旁，守在还没有被营销学算计的山泉边，守在还没有被成功学绑架的白云边，守在还没有被厚黑学觊觎的清风里。她还守在纯真的古代。

她嫩绿、羞涩的小手，还保持着公元前的手势，她的手里，还小心捧着《诗经》里的露水。

"停下来，别走那么快。"我听见她一字一句对我说着。我的自行车也听见了，那沾满了泥土的车轮，斜斜地靠在一棵野枣树上，它谦恭地倾听着鸟儿的古语和草木的叮咛，它想就停在这里不走了；被我汗湿的手攥得疲惫的车把手，终于放松了下来，轻轻地触摸着那草叶，辨认那葱绿的手语。我太熟悉这一对车把手的心思了，它一定很想融化在这山色鸟声里，变成一块安静的远古矿石。

我停下来。我坐在厚厚青苔上，抬起头来。我从诗经的第一缕草色开始读起，一直读到幽谷的深处和时光的远处，一直读到越来越深蓝的无边苍穹。啊，此刻，流逝的时光全部返回，并迅速返青。于是，凋零的诗复活了。我极目望过去，望过去。我看见，满目都是诗，都是青青的思念……

第二辑

重逢在岁月深处

人总是在他的岁月里埋藏一些什么，比如埋一柄斧头，埋一个永远孵不出天鹅的鹅卵石，或是埋一些泪水，埋一段眷恋……

老　屋

　　老屋已经很老了，它确切的年龄已不可考，它至少已有一百五十多岁了。修筑它的时候，遥远的京城皇宫里还住着君临天下的皇帝，文武百官们照例在早朝的时候，一律跪在天子的面前，霞光映红了一排排撅起的屁股，万岁万万岁的喊声惊动了早起的麻雀和刚刚入睡的蝙蝠。就在这个时候，万里之外的穷乡僻壤的一户人家，在鸡鸣鸟叫声里点燃鞭炮，举行重修祖宅的奠基仪式。坐北朝南，负阴抱阳，风水先生根据祖传的智慧和神秘的数据，断定这必是一座吉宅。匠人们来了，泥匠、瓦匠、木匠、漆匠；劳工们来了，挑土的、和泥的、劈柴的、做饭的。妇人们穿上压在箱底的花衣服，在这个劳碌的、热闹的日子里，舒展一下尘封已久的对生活的渴望；孩子们在不认识的身影里奔来跑去，在紧张、辛劳的人群里抛洒不谙世事的喊声笑声，感受劳动和建筑，感受一座房子是怎样一寸一寸地成形，他们觉出了一种快感，还有一种神秘的意味；村子里的狗们都聚集到这里，它们是冲着灶火的香味来的，也是应着鞭炮声和孩子们欢快的声音来的。它们，也是这奠基仪式的参加者，也许，在更古的时候，它们已确立了这个身份。它们含蓄、文雅地立于檐下或卧于墙角桌下，偶尔吐出垂涎的舌头，又很快地收回去了，它们文质彬彬地等待着喜庆的高潮。哦，土地的节日，一座房屋站起来，炊烟升起，许多记忆也围绕着这座房子开始生长。

　　我坐在这百年老屋里，想那破土动工的清晨，那天大的吉日，已是一个永不可考的日子。想那些媳妇们、孩子们、匠人们、劳工们，他们把汗水、技艺、手纹、呼吸、目光都筑进这墙壁，都存放进这柱、这椽、这窗、这门上，都深埋在这地基地板里，我坐在老屋里，其实是坐在他们的身影里，坐在他们交织的手势和动作里。

我想起我的先人们，他们在这屋里走出走进，劳作、生育、做梦、谈话、生病、吃药；我尤其想起那些曾经出入于这座房屋的妇人们，她们有的是从这屋里嫁出去，有的是从远方娶进来，成为这屋子的"内人"，生儿育女、养老送终、纺织、缝补、做饭、洗菜……她们以一代代青春延续了一个古老的家族，正是她们那渐渐变得苍老的手，细心地捡拾柴薪，拨亮灶火，扶起了那不绝如缕的炊烟。我的血脉里，不正流淌着她们身上的潮音？我的手掌上，不正保存着她们的手纹？我确信，我手指上那些"箩箩""筐筐"，也曾经长在她们的手指上，她们是否也想象过：以后，会是一双什么手，拿去她们的"箩箩""筐筐"？

我坐在老屋里就这么想着、想着，抬起头来，我看见门外浮动着远山的落日，像一枚硕大、熟透的橘子，缓缓地垂落、垂落。

我的一代代先人们，也曾经坐在我这个位置上，从这扇向旷野敞开的门口，目送同一轮落日。

暮色笼罩了四野，暮色灌满了老屋。

星光下，我遥看这老屋，心里升起一种深长的敬畏——它像一座静穆的庙宇，寄存着岁月、生命、血脉流转的故事……

外婆的手纹

外婆的针线活做得好，周围的人们都说：她的手艺好。

外婆做的衣服不仅合身，而且好看。好看，就是有美感，有艺术性，不过，乡里人不这样说，只说好看。好看，好像是简单的说法，其实要得到这个评价，是很不容易的。

外婆说，人在找一件合适的衣服，衣服也在找那个合适的人，找到了，人满意，衣服也满意；人好看，衣服也好看。

她认为，一匹布要变成一件好衣裳，如同一个人要变成一个好人，都要下点功夫。无论做衣或做人，心里都要有一个"样式"，才能做好。

外婆做衣服是那么细致耐心，从量到裁到缝，她好像都在用心体会布的心情，一匹布要变成一件衣服，它的心情肯定也是激动充满着期待，或许还有几分胆怯和恐惧：要是变得不伦不类，甚至很丑陋，布的名誉和尊严就毁了，那时，布也许是很伤心的。

记忆中，每次缝衣，外婆都要先洗手，把自己的衣服穿得整整齐齐，身子也尽量坐得端正。外婆总是坐在光线敞亮的地方做针线活。她特别喜欢坐在院场里，在高高的天空下面做小小的衣服，外婆的神情显得朴素、虔诚，而且有几分庄严。

在我的童年，穿新衣是盛大的节日，只有在春节、生日的时候，才有可能穿一件新衣。旧衣服、补丁衣服是我们日常的服装。我们穿着打满补丁的衣服也不感到委屈，这一方面是因为人们都过着打补丁的日子，另一方面，是因为外婆在为我们补衣的时候，精心搭配着每一个补丁的颜色和形状，她把补丁衣服做成了好看的艺术品。

现在回想起来，在那些打满补丁的岁月里，外婆依然坚持着她朴素的美学，她以她心目中的"样式"缝补着生活。

除了缝大件衣服，外婆还会绣花，鞋垫、枕套、被面、床单、围裙都有外婆绣的各种图案。

外婆的"艺术灵感"来自她的内心，也来自大自然。燕子和各种鸟儿飞过头顶，它们的叫声和影子落在外婆的心上和手上，外婆就顺手用针线把它们临摹下来。外婆常常凝视着天空的云朵出神，她手中的针线一动不动，布，安静地在一旁等待着。忽然会有一声鸟叫或别的什么声音，外婆如梦初醒般地把目光从云端收回，细针密线地绣啊绣啊，要不了一会儿，天上的图案就重现在她的手中。读过中学的舅舅说过，你外婆的手艺是从天上学来的。

那年秋天，我上小学，外婆送给我的礼物是一双鞋垫和一个枕套。鞋垫上绣着一汪泉水，泉边生着一丛水仙，泉水里游着两条鱼儿。我说，外婆，我的脚泡在水里，会冻坏的。外婆说，孩子，泉水冬暖夏凉，冬天，你就想着脚底下有温水流淌；夏天呢，有清凉在脚底下护着你。你走到哪里，鱼就陪你走到哪里，有鱼的地方你就不会口渴。

枕套上绣着月宫，桂花树下，蹲着一只兔子，它在月宫里，在云端，望着人间，望着我，到夜晚，它就守着我的梦境。

外婆用细针密线把天上人间的好东西都收拢来，贴紧我的身体。贴紧我身体的，是外婆密密的手纹，是她密密的心情。

直到今天，我还保存着我童年时的一双鞋垫。那是我的私人文物。我保存着它们，保存着外婆的手纹。遗憾的是，由于时间过去三十年之久，它们已经变得破旧，真如文物那样脆弱易碎。只是那泉水依旧荡漾着，贴近它，似乎能听见隐隐水声，两条小鱼仍然没有长大，一直游在岁月的深处；几丛欲开未开的水仙，仍是欲开未开，就那样停在外婆的呼吸里，外婆，就这样把一种花保存在季节之外。

我让妻子学着用针线把它们临摹下来，仿做几双，一双留下作为家庭文物，还有的让女儿用。可是我的妻子从来没用过针线，而且家里多年来就没有了针线。妻子说，商店里多的是鞋垫，电脑画图也很好看。现在，谁还动手做这种活。这早已是过时的手艺了。女儿在一旁附和：早已过时了。

我买回针线，我要亲手"复制"我们的文物。我把图案临摹在布上。然后，我一针一线地绣起来。我静下来，沉入外婆可能有的那种心境。或许是孤寂和悲苦的，在孤寂和悲苦中，沉淀出一种仁慈、安详和宁静。

我一针一线临摹着外婆的手纹外婆的心境。泉，淙淙地涌出来。鱼，轻轻地游过来。水仙，欲开未开着，含着永远的期待。我的手纹，努力接近和重叠着外婆的手纹。她冰凉的手从远方伸过来，接通了我手上的温度。

注定要失传吗？这手艺，这手纹。

我看见天空上，永不会失传的云朵和月光。

我看见水里的鱼游过来，水仙欲开未开。

我隐隐触到了外婆的手。那永不失传的手上的温度。

祖父的生日

祖父今天很高兴。今天是他七十六岁生日。

不等天亮，他就起来了。他拄着拐杖到地头撒尿的时候，房檐下的那只大红公鸡正仰着头大声啼鸣。公鸡仰起的头正好对着他，他望着公鸡那起劲的样子，忍不住笑了，自言自语了一句：叫谁呢？我不是起来了吗？

祖父提起裤子看了看田野，油菜快要开花了，麦苗也在暗暗鼓劲，要疯长一阵；蚕豆花，他忽然想起了蚕豆花，低下头，才发现他刚才的尿就撒在蚕豆花上，他歉疚地、也有点害羞地说：对不起了，不知道烫着你们没有？要是烫着了，就歇歇神儿，少结一点豆子吧。不过他又想：我那尿水儿还有那么热火吗？怕是最适合庄稼们的口味吧。

他又习惯性地抬头看了看天色，北斗的勺柄已隐去，天上的夜宴已接近尾声；银河已经关闸，河床上停着几片淡云；启明星亮得过于固执了一点，就好像专为他一人亮的，直向着他递眼神，天上的眼睛总是又亮又固执，他想起一生中遇到的那些动人的眼睛，那闪烁的，都是天上的光啊。祖父的眼睛莫名其妙地湿润了。

他揉了揉眼睛，继续看天色，天心有些淡云，天边有些薄云，稀稀落落的几粒星也陆续走了。夜晴没好天，昨夜是个半晴半阴的天，今天定是个大晴的好天气——祖父这么想着。

哗的一声，日头蹦出了地面，村庄的屋顶，原野的上空，到处闪着缭乱的光斑。

八点钟，叔叔和父亲领着木匠来了，那副松木棺材已经做好两年了，今天要让祖父看看，请他验收，如哪里不满意，还可以再加工。木匠手里提着斧头和刨子。

祖父仔细看着棺材，用手抚摸着平滑的棺木和翘起的棱角，眼里闪着激动的光芒。松木的香气陶醉了他，他深深呼吸着，真好闻啊，他说。

祖父把手放在木匠的肩上，感激地说：谢谢你啊，你为我做了这么好的家当，往后的千年万年，我都要受用它了。

九点钟，儿媳们、女儿们、侄儿们、孙子们都来了，他们都穿着新衣服，今天是祖父的生日，是大家的节日。

叔叔点燃了一串鞭炮，庆贺这个节日，庆贺祖父的寿棺完工。

祖父把一捧捧水果糖撒给孩子们。

祖父忽然提了个建议，他要躺进棺材去试一试那种感觉。

媳妇们和女儿们不忍看，就到田野里去看风景。

孩子们还在捡拾那些没有燃的鞭炮，用火柴点燃，然后捂着耳朵，盼着那响声又害怕那响声。

祖父被叔叔和父亲从棺材里扶起来，他笑眯眯地说：很舒服，很清静，很安稳。

十二点，寿筵开始了。孩子们叽叽喳喳闹成一片。邻居的那条白狗和花猫也赶来凑热闹，桌子底下跑来跑去像忙碌的天使。

祖父对叔叔和父亲说，你们去吃饭吧，让我一个人坐在这里，养养神儿，想想心事。

祖父背靠棺材安静地坐着，他微闭双眼，两手放在胸前，一副气定神闲的样子。阳光从榆树梢上打过来，松木棺材闪着光斑，祖父古铜色的脸上闪着光斑。

他一动不动。他在想心事。谁也不知道他在内心里走了多深多远。

我忽然觉得那棺材是一艘船。它将在另一个地方远航，在另一片浩瀚神秘的海洋里远航。祖父将驾着这艘船去到不可知的远方。

起航前，船长是要蓄积精力的。

我悄悄地坐在祖父身边，凝视着他的脸。

祖父，在往事里已经走得很深很远……

母亲的眼睛

在农家小院的正中，在光线最集中的地方，我的母亲端坐着，为我们做鞋，做枕头，缝补衣裳，在书包上绣花。此时，宇宙那明亮仁慈的光线，从几光年之外赶来，投在这个小小的院子里，灌注进母亲手里那小小的针眼。每一个针脚里，每一个图案上，都注满村庄正午的温情和深蓝。

看着沐浴在天光里的母亲，看着跟随母亲的目光穿梭在生活经纬里的小小针线，我终于明白：我们贴身的衣服里和书包上，织进去的不只是母亲细密的眼神，还有来自几光年之外上苍的眼神。

我不必用光年之类貌似深奥的科学知识为难母亲。其实，母亲交织着期待和忧郁的目光，一次次投向屋顶之上祖先的苍穹，正以她所不理解的光速，穿越尘世飞抵遥远的星河。我的母亲没有什么值得示人的学问，而破译她深沉忧郁的目光的，却是另一个星球拥有高深学问的科学家、哲学家、文学家和心理学家。

母亲八十多岁的眼睛，还保持着少女的清澈和纯真。而世间不少的人，涉世稍深或略有阅历，目光就少了清纯，蒙上了或世故或势利或狡黠的尘灰。莫非，母亲有什么特殊的"养眼"之法？我想了解其中的缘由。

那年，我回老家养病。我每天都在故乡的原野上走来走去，在清晨，在黄昏，在百万千万颗露珠的照拂里，在百万千万片绿叶的叮咛里，我的心里，我的眼睛里，哪怕藏匿得很深很隐蔽的细小杂念和灰尘，都被一一洗净。我身体里的病，也渐渐离我远去。我身如菩提树，心如明镜台，无尘无垢，无嗔无痴，甚至有一点吐气如兰的意思了，连梦都是清洁的。这让我体会到：一个人若保持身体的洁净、心灵的洁净、眼睛的洁净，保持每一个意识和念想的仁慈与洁净，那么，他将会从生命里领受到怎样单纯而又无比丰富的诗意！

我在故乡的怀里、在母亲身边养病，病，大约不好意思待在我逐渐变得干净、健康的身体里，我的身体里，没有了毒素，也没有了病魔赖以存活的养料。病，知趣地走了，我养好了身体，也养好了心。那次乡村静养，等于让我对乡村母亲的心灵养成做了一次田野调查。

那么，母亲何以有那样洁净无尘的心，何以有那样洁净无尘的眼睛？我想，清晨或黄昏，原野上那无数颗透明的露珠，已经给出了一部分答案。我的母亲，她是用一生的时间，念念在兹于心灵的善良、纯洁和真诚；她是用一生的田野劳作和行走，与无数颗露珠——与无数颗清澈的天地之眼，交换着心灵的语言，交换着眼神。就这样，上苍把最好的露珠，交给母亲保管，露珠一直滋养和化育着母亲的心，也明净了她的瞳仁。

一个人若很少在露珠（包括具有露珠之透明品质的事物）面前停留、激赏、感动于那无邪的纯真，并反观、反省自己内心的不洁和阴影，同时让自己被尘世污染的身体和心灵接受其消毒、清洗和映照，那么，他的内心和眼神，就少了某种天赐的清澈。一个人若很少将目光投向苍穹的星辰，却总是沉沦于欲望，锁定于功利，那么，他的心域必窄狭，眼神定然少了某种悠远和深沉。

我的母亲，低头与露珠交换眼神，抬头与星辰交换眼神，俯仰之间，她都在吐纳天地精神。她识字不多却有天趣，因为她心存天真；她阅历不多却胸襟宽阔，因为她到过天庭。宽厚的原野和澄明的天穹，就是我母亲的心灵老师。

一个好朋友曾对我说："你注意到了吗？你妈妈的眼睛特别清澈，

八十多岁了，还像少女的眼睛那么纯洁和深情。"他的父母去世较早，于是把我的母亲当自己的母亲对待。我的母亲是在 86 岁那年去世的。好朋友写了一篇短文，标题是"想念母亲的眼睛"，痛惜一位慈祥的母亲走了，人间少了一双清澈的眼睛。

眼睛是心灵的窗户，眼睛里荡漾的是内心的光亮和情感的波澜，是一个人心灵世界的折射。想念一双眼睛，其实是想念一种纯洁的感情，缅怀一种干净的人生。

替母亲梳头

替母亲梳头的时候，是我最认真的时候，比读名著、比祈祷、比写诗还要专注和激动。

说不清是幸福还是伤感。一种混合的感觉，复杂又深沉。不只是幸福，是充满了伤感的幸福；不只是伤感，是饱含着幸福的伤感。

想一想我这颗头颅的经历吧。是母亲忍着剧痛让它最先降生于黎明的血光，是母亲第一次为我洗头，是母亲看着我的头发像青草一样一根根长出来，是母亲第一次为我设计发型。我这一头的黑发，是母亲精心照料的一片庄稼。

母亲打扮了我多年，终于有了我打扮母亲的机会，终于能从高处俯瞰母亲了，终于能抚摸母亲那风雨漂洗了几十年的头发。这是做儿子的幸福，我又能像儿时那样亲近母亲了。

但是，母亲哪，纵然我有再高深的美学，我怎能把你打扮成一个美丽的小姑娘呢？我确信，你年轻时候是很美丽的。但那时候我不认识你。那时候，我也许是溪水，抢拍过你匆匆投下的倒影；那时候我也许是轻风，摇曳过你害羞的辫梢。

梳子变得沉重起来，推不动这岁月的积雪。雪山在远方，不，雪山在我身边，我是个渺小的登山队员，母亲是高高的雪山。曾经，我在远处欣赏雪山的崇高和静穆，当我来到山顶，才发现生命的峰巅，海拔最高的地方，积压着亘古的严寒。

毕竟我还是幸福的。我为母亲梳头。我在雪山顶上流连。归鸟在天边，领略落日的宁静；我在母亲温柔的呼吸里，感受生命的庄严……

替母亲穿针

一根长长的线用完了，母亲细心绾一个结。这是驿站上的小憩，线的目的地还很远，线还要继续赶路，一直走到袖口、领口，走通衣裳的每一条道路。

又要换一根线了。这时候，如果正逢黄昏，视力不好的母亲就会喊我们或邻居家的孩子，替她往针眼里引线。记不清替母亲引过多少次线，但那种感觉我记得很清楚。往针眼里引线的时候，那长长的线也引进了我的心眼里。

垂直地举起针，对准光线，眯起眼睛，凝视针眼，轻轻地呼吸，集中起体内的全部注意力，另一只手小心翼翼地举起线，拿针的手和拿线的手都不要颤抖。针眼太小了，用目光反复打凿。好！目光顺利地通过去了，线紧跟着目光也顺利地通过去了！一次爱的凯旋！针和线拥抱在一起，爱和爱拥抱在一起，然后它们结伴而行，跟随母亲的目光赶路去了。

那一刻，世界是那样单纯和率真，没有天堂没有地狱没有灾难没有风暴，只有一个小小的针眼！

那一刻我忽然发现：母亲的眼睛是世上最美丽的眼睛，从一孔小小的针眼里她也许不会看见更为伟大的事物，但她绝对从细微处发现了那些被惯于仰视的眼睛一再忽略了的细小而微妙的美丽。

那一刻我忽然明白：母亲缝的衣裳为什么格外温暖，针针线线都有她的目光和手温，每一个针脚都藏着她温柔的心跳。

那一刻启蒙了我的美学：天地固然很大，但肯定也是一针一线织成的，众多琐碎的事物织成了宇宙的大美；针眼固然很小，但它凝聚了散漫游移的眼神，透过这秘密隧道，你会看见事物的纹理和深邃本质，以及万物的灵魂。

那一刻我看见了遥远：世世代代的母亲不就是这样缝缝补补，编织了历史的经经纬纬？呀，透过小小针眼，我看见无数母亲们的眼睛，我看见她们手中的线，依旧在补缀着漫长的岁月和思念。

那一刻我懂得了：在夕阳下，替母亲穿针引线的孩子，都会有细腻的内心和善良的情感，他的眼睛不会变得浑浊和冷漠，一缕细小而纯真的光线，已永远织进了他的目光里……

母亲们的洗衣石

　　它们守在这里，至少三千年了，对河流的热爱，使它们实在想不起，世上哪里还有比河湾更好的地方。

　　当母亲把等待拆洗的衣服，把生活的各种颜色和款式，放在上面揉啊，搓啊，它们坚硬的内心，也微微战栗了。

　　它们渐渐被揉搓得发亮，喜欢对周围的事物作出热情的反光。河水照出母亲苍老的容颜，河水带走两岸落叶和炊烟，河水带走多少母亲的身影，只有这闪光的石头留了下来。

　　它的每一个纹路都熟悉母亲的手纹，是的，一年复一年，一代复一代，母亲与石头，都在彼此交换着手纹，都那么细腻、隐忍、温润、谦卑和诚恳。它们也许曾经是顽石，但接受了母亲的反复抚摸和反复叮咛，这些石头的内心，已渐渐有了玉的成分、宝石的成分、贵金属的成分。

　　如果有一天，这些石头忽然飞上天空，我一点也不感到意外和吃惊，因为，我一直相信它们应该，也完全能够飞天而去，变成恒星。

　　这是因为：被一代代母亲们温柔的手反复抚摸过，被母亲的目光反复凝视过，它们注定会变得异常温暖，也因此有了强大而美好的磁场，当它们飞上苍穹深处，将会凝聚起宇宙中散落的珍贵元素，最终形成永恒的星系……

纺车记忆

在《辞海》的深处有它的芳名和生平，还有附图，说明它的结构、部件名称及功能。我从它的身边刚一转身，它已被潮水卷走，只在文化的深海里，占据着一个小小的、化石的位置。

然而在深远的天空下，古中国世世代代的生活，都有纺车摇动、旋转的身影。它嗡嗡的声音，混合着雨的声音、雪的声音、风的声音、河流的声音，也混合着蚕的声音、鸡叫的声音、檐滴的声音、家燕筑巢的声音、狗吠的声音，有时混合着远处兵戈的声音、杀伐的声音，而当新桃换了旧符，江山易主，受惊的人们回过神来，忽然听见，有一种声音仍那样平和、缓慢、均匀。它偶尔被打断，但不会终止，天上的雷电，地上的暴君，都很短暂，只有一种声音如河流般绵延着涌动，听听，这是纺车的声音，在无数个角落响起：嗡嗡嗡，嗡嗡嗡……

历史纵有千万页厚，无穷厚，你随意打开一页，都会发现，它的根部，都由素朴的线连缀、装订。

即使再冰冷的段落，它的后面都有一根温暖的线索在缠绕、劝说。

即使再暴戾的王朝，它的侧面都坐着一架忠厚的纺车，等着为它绾结。

在那些耕读的日子，稻香掺和着书香的日子，农人的布衣飘举成田园的经典，而书生的青衫，正是一首诗的警句。

就这样，母亲们的手，世世代代摇着纺车，节奏温柔，动作稳重，使大起大落的历史，不至于眩晕和昏迷，而保持了正常的呼吸和匀称的心跳。

你见过纺车吗？你见过纺织的母亲吗？

是那样简单的造型，但又遵循着天道运行的深奥原理。转上去，用力，到了高点，又转下来，回到起点；然后，又用力，再转上去。如此周而复始，如昼尽夜来，日沉月升，宇宙不息；如祖先去远，儿孙降临，姓氏绵延。

轮回着，复轮回着，就这样，纺车是一个得道的高人，向我们足不出户的母亲，讲授着天地人生的大学问。

想想，在八百年前，一千五百年前和更古远的深夜，天地睡了，王朝睡了，微明的烛光里，那弯腰摇动纺车的母亲，在静止的时光里，她一次次画着最生动的弧线，沿着她的手臂，一条长长的线，在无限延伸，将人间灯火和天上银河连接起来，将此时此刻和万古千秋连接起来；她的手温覆盖了裸身的时间，于是，连传说里的天神都有了合身的衣裳。

我记得小时候，我母亲纺线时的神态——

她专注的眼神，没有语言能够形容。她看着左手的棉芯被纺车一点点抽成白色的细线，稍不留意，线索拉断，又得从头再来。她看着棉一寸寸变成线，她目送着棉花不断地离开自己，变成线，变成布，变成衣服，变成生活的颜色和款式。于今想来，历史的经经纬纬，都是母亲的目光织就。

她庄重的姿势，同样没有语言能够形容。她右手摇动纺车，左手抽出丝线，气定神凝，面容安和。不同于虔敬，她并没有面对一个神灵或祖先，她面对的是棉和纺车，是生活本身，因此这庄重是对生活本身的尊敬，是对这劳作过程的尊敬。我母亲不是大家闺秀，并没有受过诗书礼乐的熏陶，但我的母亲坐有坐相，站有站相，静时如佛，动时如仙，日常生活里有着自然而然的风度和礼仪，这是为什么？我只能说与传承了数千年的民间风情有关，也与纺车有关，与有节奏、有经纬的劳动有关。这种劳动不教唆人的贪心和轻狂，而让人变得知守常，懂规矩，有敬畏。如这纺车，有行有止，有动有静；如那棉花，由棉而线，由线而布，由布而衣，一生的路，都守着贞洁的情操和柔软的心意。

我记得纺线的母亲。

我记得那古老的纺车……

父亲的鞋子

那年，记得是深秋，父亲搭车进城来看我们，带来了田里新收的大米和一袋面条，"没上农药化肥，专门留了二分地给自己种的，只用农家肥，无污染，让孙女儿吃些，好长身体"，父亲放下粮袋，笑着说。我掂量了一下，大米有五十来斤，面条有三十多斤。一共两大麻袋，不知他老人家一路怎么颠簸过来的。老家到这个城市有近一百华里路，父亲也快八十岁的老人了。看着父亲一头的白发和驼下去的脊背，我没有说什么，心里一阵阵温热和酸楚。

父亲看着我们刚刚入住的新房，墙壁雪白，地板光洁，说，这辈子当你的爹，我不及格，没有为你们垫个家底，你们家里，连一块砖我都没有为你们添过，也没有操一点心，也没帮赔过一文钱，我真的不好意思。只要你们安然、安分，我就心宽了。我不住地说，爹你老人家还说这话，我们长这么大就是你的恩情，你身体不错好好活着就是我们的福分，别的，你就别想多了。

父亲忽然记起了什么，说，嘿，你看，人老了忘心大，鞋子里有东西老是硌脚，坐车上又不好意思脱下鞋抖一抖，这会儿还有点硌脚。昨天黄昏在后山坡地里搬苞谷，又到林子里为你受凉的老娘扯了一把柴胡和麦冬，树叶啦，沙土啦，鞋子都快给灌满了，当时没抖干净，衣服上、头发上粘了些野絮草籽，也没来得及理个发，换身衣服，就这么急慌慌来了。走，孙女儿，带我下楼抖抖鞋子，帮我拍拍衣服上的尘土。我说，就在屋里抖一下，怕啥，何必下楼。父亲执意下楼，说新屋子要爱惜，不要弄脏了。

楼下靠墙的地方，有一小片长方形空地，还没有被水泥封死。父亲就在空地边，坐在我从楼上拿下来的小凳子上，脱了鞋子仔细抖了，又低下身子让孙女儿拍了衣服，清理了头发。上楼来，我帮父亲用梳子梳了头发，这是我有生以来唯一的一次为他梳头。我看清了这满头的白发，真有点触目惊心，但我又怎能看清，白发后面积压了多少岁月的风霜？

第二年春天，楼下那片空地上，长出了院子里往年没有见过的东西，车前子、野茅草、薏草、野薄荷、柴胡、灯芯草、野蕨秧、野刺玫，在楼房转角的西侧，还长出一苗野百合，大家都感到惊奇，有个上中学的孩子开玩笑说，这不就是个百草园吗？

大家都说，新鲜，真新鲜。也有人说这个院子向阳，有空地就不愁不长苗苗草草。议论一阵也就不再管这事了。

只有我明白这些花草的来历。它们来自父亲，来自父亲的头发、衣服和鞋子，来自父亲的山野。

是的，父亲也许没有带给我们什么财富、权力和任何世俗的尊荣，清贫的父亲唯一拥有的就是他的清贫，清贫，这是父亲的命运，也是他的美德。

但是，比起他的没有留下什么，父亲更没有带走什么，连一片草叶、一片云絮都没有带走。

他没有带走的一切，就是他留下的。

连我对他的感念和心疼，他也没有带走，全都留在了我的心里。这么说来，我的所谓的感念和心疼，说到底还是我从父亲那里收获的一份感情，直到他不在了，我仍然在他那里持续收获着这种感情。而他依然一无所有地在另一个世界孤独远行。

是的，他没有带走的一切，就是他留下的。我看着大地上的一切，全是一代代清贫的父亲们留给我们的啊。

何况，我的父亲，曾经，他把他的山野、他的草木、他的药物都留给了我们。

他清贫的生命，又是那般丰盛和富有，超过一切帝王和富翁。在他的衣服上拍一下，鞋子里抖一下，就抖出一片春天。

那么，我们这些自以为是的活着的人们，又能给世界留下什么呢？我们敢于践踏一切的鞋子里，除了欲望的钉子和冷酷的铁掌，还有别的可以发芽开花的种子吗？

父亲越去越远，越去越远，他留下的草木，永世芳香。

父亲的露珠

一

　　每个夜晚，广阔的乡村和农业的原野，都变成了银光闪闪的作坊，人世安歇，上苍出场，叮叮当当，叮叮当当，上苍忙着制造一种透明的产品——露珠。按照各取所需的原则，分配给所有的人家和所有的植物。高大的树冠，细弱的草叶，谦卑的苔藓，羞怯的嫩芽，都领到了属于自己恰到好处的那一份。那总是令人怜惜的苦菜花瘦小的手上，也戴着华美的戒指；那像无人认养的狗一样总是被人调侃的狗尾巴草的脖颈上，也挂着崭新的项链。

　　数千年来，"均贫富"这个农业社会的朴素理想，从来就没有真正实现过。倒是在大自然的主持下，"均美丑"的美学理想却实现了。至少，在夜晚，在清晨，草根阶层的家门前，劳动者的原野上，到处都是美好清洁的露珠，叮当作响，闪闪发光。就在我家那座朴素的老屋前，夜晚的露珠，清晨的钻石，不知比那远离土地、远离劳动、远离大自然的别墅豪宅，要多了多少倍。

二

　　看看这露珠闪耀着的原野之美吧。你只要露天走着、站着或坐着，你只要与泥土在一起，与劳动在一起，与草木在一起，即使是夜晚，上苍也要摸黑把礼物准时送到你的手中，或挂在你家门前的丝瓜藤上。这是天赐之美，天赐之礼，天赐之福——总之，天赐之物多半都是公正的。天不会因为秦始皇腰里别着一把宝剑，而且是皇帝，就给他的私家花园多发放几滴露珠，或特供给他一条彩虹。相反，秦始皇以及过眼烟云般的衮衮王侯将相富豪贵族，他们占尽了人间风光和便宜，但他们一生丢失的露珠是太多太多了。比起我那种庄稼的父亲，他们丢失了自然界最珍贵的钻石，上苍赐予的最高洁的礼物——露珠，他们几乎全丢失了，一颗也没有得到。我卑微的父亲却将它们全部拾了起来，小心地保存在原野，收藏在心底，他那清澈忠厚的眼睛里，也珍藏了两粒露珠——做了他深情的瞳仁。

比起那些巧取豪夺、不劳而获，双脚很少接触土地和草木，双手从来没有接触过露珠，也没有用这清露之水洗过手洗过心的人，我清贫的父亲，一生里却拥有着无穷的露珠。若以露珠的占有量来衡量人的富有程度，我那种庄稼的父亲，可谓当之无愧的富翁。

<h2 style="text-align:center">三</h2>

物换星移，被强人霸占的金银财宝，总是又被别的强人占去了。

而我的父亲把他生前保存的露珠，完好地留给了土地，土地又把它们完好地传给了我们。今天早晨我在老家门前的菜地里，看到的这满眼露珠，它们就是父亲传给我的。

美好和透明是可以传承的，美好和透明，是无常的尘世唯一可以传承的永恒之物。如果不信，就在明天早晨，请看看你家房前屋后，你能找到的，定然不是什么祖传的黄金白银宝鼎桂冠，它们早已随时光流逝世事变迁而不知去向，唯一举目可见、掬起可饮的，是草木手指上举着的、花朵掌心捧着的清洁的露珠，那是祖传的珍珠钻石。

四

这是农历六月的一天，早晨，天蒙蒙亮，我父亲开了门，先咳嗽几声，与守门的黑狗打个招呼，吩咐刚打过鸣的公鸡不要偷吃门前菜园的菜苗，而菜园里的青菜们，远远近近都向父亲投来天真的眼神，看见父亲早早起来第一件事就是关心它们，它们对父亲一致表示感谢和尊敬。有几棵青笋竟踮起脚向父亲报告它们昨夜又长了一头。父亲点点头夸奖了它们。

然后，父亲扛着那把月牙锄，哼一段小调，沿小溪走了十几步，一转身，就来到了那片荷田面前，荷田的旁边是大片大片的稻田，无边的稻田。父亲很欢喜，但他却眯起了眼睛，又睁大了眼睛，然后又眯了几下眼睛。好像是什么过于强烈的光亮忽然晃花了父亲的眼睛。过了一会儿，他的眼神才平静下来。父亲自言自语了一句：嘿，与往天一样，与往年一样，还是它们，守在这里，养着土地，陪着庄稼，陪着我嘛。

父亲显然是被什么猛地触动了。他看见什么了？

其实也没什么稀奇的。父亲看见的，是闪闪发光的露珠，是百万千万颗露珠，他被上苍降下的无数珍珠，被清晨的无量钻石团团围住了，他被这在人间看到的天国景象给照晕了。荷叶上滚动的露珠，稻苗上簇拥的露珠，野花野草上镶嵌的露珠，虫儿们那简陋地下室的门口，也挂着几盏露珠做的豪华灯笼。父亲若是看仔细一些，他会发现那棵车前草手里，正捧着六颗半露珠，那第七颗正在制作中，还差三秒钟完工；而荷叶下静静蹲着的那只青蛙的背上，驮着五颗露珠，它一动不动，仿佛要把这一串宝石，偷运给一个秘密国度。

父亲当然顾不得看这些细节。他的身边，他的眼里，他的心里，是无穷的露珠叮当作响，是无数的露珠与他交换着眼神。

我清贫的父亲也有无限富足的时刻。此时，全世界没有一个国王和富豪，清早起来，一睁开眼睛就收获这么多的露珠。

五

钢筋和水泥浇铸着现代人的生活，也浇铸着大地，甚至浇铸着人心。城市铺张到哪里，钢筋和水泥就浇铸到哪里。哨兵一样规整划一的行道树，礼仪小姐一样矫揉造作的公园花木，生日点心一样被量身定做的街道草坪——这些大自然的标本，草木世界的散兵游勇，只能零星地为城市勾兑极有限的几滴露水。露珠，这种透明、纯真，体现童心和本然、体现早晨和初恋的清洁事物，已难得一见了，鸟语、苔藓、生灵、原生态草木、土地墒情氤氲的雾岚地气也渐渐远去。

就在明天，我要回一趟故乡，那里的夜晚和早晨，那里的山水草木间，那里的人心里，那里的乡风民俗里，也许，还保存着古时候的露珠和童年的露珠，还保存着父亲传下来的露珠。

父亲和他用过的农具

父亲当过兵、做过矿工，后大半生一直务农。父亲已经快八十岁，干不了农活了，他用过的农具也都退休了，有的已经朽坏，当作"废物"处理了，有的还保存着，安静地躺在不起眼的角落里，抚摸它们，像抚摸父亲经历的那些岁月，像抚摸土地的记忆……

锄头

弯月形的，像下弦月，锄把一动，又是上弦月了。是锄坡地用的那种锄头。据说这种锄头用了至少两千年了，是先人们最早发明的铁器之一。坡地不宜挖得太深，那会造成腐殖土流失，弯月形锄头刃口浅，挖地时点到为止，正合浅山农人使用。我用过这种锄头，挖下去，土顺从地随着刃口起伏，杂草认错似的倒下来，又似乎有点委屈，根仍然抓着土，抓着记忆里的水分。庄稼们兴奋地招手，好像看见了白昼的月亮。在天黑的时候扛着这种锄头劳动或走路，人就不容易疲倦，你随时可以用锄头敲击什么，敲敲石头，敲敲树木，敲敲电线杆，有时不声不响，那一定是你用锄头在敲击自己的内心。当月亮出来了，月光照在锄头上，锄头被镀成一个月亮，你是扛着月亮走在路上。为什么土地上的人们再苦再累也不绝望？我就想，肯定是因为他们和月亮的关系，天上有月亮，手里也或多或少握着一点月光，哪怕是握着月亮的影子，人就对日子有了念想。先人们把手中的农具打磨成月亮的样子，按照天上的梦境安排人间的生活，有点理想主义，也很有诗

意。大概先人们——很早以前的先人们，就以这种农具为后人立下了遗嘱：活下去，有月亮在，有月亮的影子在，夜再黑，也不会黑得伸手不见五指。

父亲那一代农人，以及更早的农人，把这种锄头叫作：月牙锄。

镐

它的造型简单、坦率，一块铁，中间打一个孔，镶入木柄，就成了农具。这是铁与木头的朴素结盟，通过手，铁深入泥土，闯荡荒野，一直进入农业的深处。一端较粗，有温和的刃；另一端较细，有锋利的尖。它的这种结构令人想起农人忠厚的一面和狡黠的另一面；也令人想起文明可爱的一面和残忍的另一面。镐主要用于开荒和取石这类比较原始而沉重的劳作。后来，修铁路的人们也用它开山拓路。我曾看见一个工人用铁镐在刚刚铺好的铁轨上连敲了几下，当当当，那声音响亮浑厚，也有一点凄凉，这是铁向铁问候，也是铁在向铁诉说苦衷。我们只知道使用铁、敲打铁，锃亮的铁渐渐变成碎屑和铁末，谁注意过铁的痛苦呢？

铁锨

主要用于翻地或取土。像手掌一样卖力地深入泥土，令人想起世世代代那些在泥土里出没的手。有时，也会将土里冬眠的蛇扎成两半，那些正在生育的昆虫也会因为它的到来慌成一团，甚至家破人亡，每当这时候，父亲那双粗糙的手会不会战栗和内疚呢？这不是铁的过错，也不全是父亲们的过错。土地原谅了这些过错，土地在暗中帮助那些受伤害的弱小生灵，我们总能随处看见它们谦卑勤劳的身影。而土地也以它含蓄的方式，告诫我们不可在大地上用力过猛，下手的时候要轻一些、仁慈一些。土地是怎样劝说我们的呢？你看，土地悄悄地在铁锹的刃口敷了一层土黄色的泥锈，土地不愿意看见我们扛着过于尖锐锋利的家伙与它打交道。

犁铧

犁铧，如名字一样，其结构正是用犁与铧两部分组成。犁，这个字准确无误地解释了这个字，它是与牛有关系的，确切地说，犁就是套在牛身上的一种类似于枷锁的农具，它由牛轭、犁杠、缰绳构成，通过它，牛从自然界的动物归属于农业，成为农业的成员，成为土地的服役者。铧，是犁的末端部分，是进入泥土的铁。犁地的时候，牛走在前面，犁铧跟在后面，农人又走在犁铧后面，脚踩犁沟，一手握着缰绳，一手扬着牛鞭，嘴里哼着牛歌，唯一忠实的听众是走在前面埋头拉犁的牛。"对牛弹琴"是一个蹩脚的比喻，父亲不理这种说法，他照样一心一意对牛唱歌。忠厚的牛并非全然没有音乐的耳朵，它知道这是农人在与它谈心，向它问候。歇息的时候，牛卧在犁头边静静反刍，它是否在回忆往事？父亲靠在犁头上抽着旱烟，静静地望着远处的青山，他是否也在回忆往事？唉，人啊，牛啊，忙碌了一生，就赚了一笔记忆，供老了的时候反刍。

耙

长方形木框下面，钉满纵横排列的铁钉或木钉。用它将旱田和水田的坷垃碾细，也用于平整土地。操作方式与拉犁基本相同。不同的是，用犁耕地的时候农人是走在犁沟里，用耙碾地的时候农人是站在耙上面，靠牛的力气、人的重量、铁钉或木钉的锋利，将土地碾细或整平。我记得，耙田的时候是农人最潇洒的时候，耙在坎坷不平的土地上颠簸，农人随着耙的颠簸而颠簸，并努力在颠簸中保持平衡，农人的身体时而挺直，时而倾斜，时而左转，时而右旋，时而紧张，时而轻松，遇到急转弯，农人手挥牛鞭，鞭影在空中划过一道半圆，农人的身体随弯度的展开也呈弓形，弯转过来了，农人又挺直了身子，牛歌悠悠从口中流出——这一过程很像在河水里放筏的筏子客，峡谷里惊险，河湾里悠然，在风浪里与命运做着丰富的游戏。后来我看过芭蕾舞，我又觉得父亲耙田的姿势颇像一种芭蕾舞，甚至我觉得比舞台上的芭蕾演出更丰富也更生动，芭蕾舞是再现生活和生命的美。而父亲耙田的时候，也就是说父亲上演他的芭蕾舞的时候，整个儿是在直接创造和呈现劳动与生命的美——沉默的牛是美的，唱着牛歌、手舞鞭梢、俯仰旋转着的父亲的身影是美的，从牛背上缓缓下沉的夕阳是美的，是那种含着淡淡伤感的美；甚至那从牛蹄和耙尖下溅起的泥浆也是美的，是那种朴素得近于原始的美。夕阳下起伏的泥浪散发着古老的芳香。

风车

像一匹马站在院场里，走近一看，不是马，是风车。

它大约是农人用过的最精致最复杂的器具，手一摇，就有风吹出来，风是长着眼睛的，或者说，风是长着一颗灵敏的心的，风闭着眼睛，就能辨认出稻麦的轻重虚实，让饱满的颗粒和干瘪的颗粒各走各的出口，风闭着眼睛，就清点了一个季节的农业。

父亲到了老年，仍向人们叙说他年轻的时候与风车合谋干的一件趣事。夏日的一个夜晚，父亲在院场纳凉，看见一对相好的年轻男女也在院场边的柳树下纳凉。父亲躲在暗处，悄悄摇动风车，将风车的风口对准那一对男女，风吹起来，先是微风，接着是中风，最后是大风，然后，又是温柔的微风。那一对男女靠得更紧了，情话也十分柔软，父亲清楚地听见那年轻女子在月光里说：我们的事怕是成了，老天爷也成全我们，这么热的天，吹着这么清凉的风。

记得小时候，我和几个小孩经常围着风车反复揣摩研究：风究竟藏在风车的哪个部位，风肯定藏在风车里面，要不，怎么一摇就摇出风来，如同我们说话，总是在心里憋了许久，才说出来，说出来才畅快。但我们的研究一直没有结果，仍然不知道风车里的风藏在哪里。

直到有一天晚上，我和父亲在麦场里守夜，夜很深的时候，我起来撒尿，看见天上一轮月亮悬得很低，几乎要贴到附近的屋顶，月光里，风车孤独地站着，像一匹孤独的老马，无助地站在夜晚的风里。我情不自禁地说了一句：风车，你好孤独啊。

这时候才忽然明白，风藏在哪里，风藏在风车的孤独里。我们不知道别的事物的孤独和寂寞，当然更不知道一架风车的孤独和寂寞。鸟孤独了鸟就在我们头顶鸣叫，水寂寞了水就在石头上溅起水花，风车呢，风车就把它的孤独和寂寞转化成一阵一阵的风，吹向粮食，吹向岁月，吹向风车外面的风。

当我返回被窝，看见月光照在父亲熟睡的脸上，白发和皱纹突然变得那么醒目，父亲的一只手仍伸在被单外面，像要抓住梦境深处或梦境外面的某一样东西。我看看不远处的风车，又看看熟睡着显得疲倦的父亲，忍不住轻轻说了一声：父亲，你好孤独啊。

井绳

通向月亮的路并不是美国航天局发现的。

在美国之前，甚至远在公元前，我们的先人就已经发现了接近月亮的最佳方式。

方法很简单。

只需要一眼井，一汪清澈的好水，一根井绳。

面对水井的时候，要让自己燥热、混乱、凶狠的心静下来，不要怀着总想征服什么的冲动，不要乱折腾，安静一些，内心清澈一些，低下你高傲的头，弯下你高贵的身子，你就会看见，从水里，从岁月深处，一轮干干净净的初月正向你升起，并渐渐走向你，走进你的生活。

美国航天局用了很大的劲爬上了月亮，只抓了几块冰冷的石头拿回来让人类看，让人类扫兴，让人类的神话和童话破灭，让孩子们面对冰冷的石头再不做美丽的梦。

美国航天局让人类离月亮越来越远，离石头越来越近。

我父亲不知道人类的宇航船在天上折腾些什么，我父亲心目中的月亮仍是古时候的那个月亮，那是神秘的月亮，是嫦娥的月亮，是吴刚的月亮。我不读诗的父亲也知道，李白打捞的就是水里的这个月亮。

我父亲几乎天天都要和月亮会面。在他漫长的一生中，他一直都在打捞水中的那个月亮。

你见过我父亲在月夜里挑水的情景吗？

他望一眼天上的月亮，他微笑着低下头来，就看见在井水里等着出水的月亮。

我父亲就把月亮打捞上来。

两个水桶里，盛着两个月亮，一前一后，猛一看，是父亲挑着月亮；仔细看，就会发现是两个月亮抬着父亲，一闪一闪在地上行走。

通向月亮的路是多长呢？

据美国航天局说是三十八万公里，走了三十八万公里，他们到达了一块冰冷的石头旁。

我丈量了一下父亲用过的井绳，全长三米，父亲通过这三米的距离，打捞起完整的月亮和美丽的月光。

审美是需要保持距离的。取消距离，美国得到一块冰凉的石头；谦卑地、怀着敬畏守着一段距离，我的父亲披着满身满心的圣洁月光。

我发现，美国是一个会折腾的技术员，父亲是一个与天地精神往来的美学家。

为什么要去解剖一个美女呢？为什么要把天地奥秘都去洞穿呢？为什么要用冷冰冰的技术去肢解万物的大美大神秘呢？而现代科技就是要肢解和解剖万物，捣毁一切神秘，埋葬一切神圣，直到把一切都变成满足人的贪欲的消费物，变成垃圾。想起来真是可怕。

我记得父亲的那根井绳，三米的长度。三米之下，就能触到孔夫子和李白的那个月亮；三米之上，到处是伸手可掬的白银一样的月光。

独轮车

独轮车也叫手推车。一对车把，一个轮子（木轮或橡胶轮），一个盛东西的车筐。这大约是世上最简单的车了。它简洁地说出了父亲那辈人的生存状况，也多多少少说出了所有人的生存状况：你必须独自推着你面前的重量向前方行走。

人在少年或青年时代都难免对人生抱着太多的理想化的想象，也就难免有些轻狂或张狂。我的少年和青年也是这样，虽然生存并没有给我投来太多的理想的阳光，倒是过早也过多地降下了阴云和冷雨，但过热的血，过量的对于生命的激情，仍使我对生活充满了浪漫的想象，——而我以为这是人生应该永远保持的一份诗意和纯真。诗意和纯真是很好的，但也使我有意或无意地忽视和无视人生的艰难、灰暗和命运的孤独悲苦，常常对着雨后的彩虹，对着静夜繁星满天的宇宙，对人生做一些浪漫的设计，而全然不管也不想：在浩大的宇宙里，其实做一颗星或做一粒小昆虫，都很孤独，都很不容易。

是父亲的独轮车让我忽然看到了生存的另一面，我不愿看到的那一面。

那是一个下雪的日子，父亲到水库工地上去筑堤坝。天黑了很久，他还没有回来。我约一个小伙伴去水库寻找父亲。

远远地我们看见一些身影，在四周反射的雪光里显得很黑。我们第一次发现劳动的身影是这样黑。在黑的身影里，我们看到了父亲。几乎每一个人都推着独轮车。每一个人的动作、身影都是相同的。我和小伙伴在一大堆模糊雷同的身影里寻找父亲。最后，我们找到了，那个腰弯得最低的身影，就是我的父亲。

父亲身材高大，而独轮车很矮，他必须深深地弯下腰，才能推动这一车沉重的泥沙。劳动者必须在劳动面前弯下腰，人必须在世界面前弯下腰，才能与他从事的劳动、与他面对的世界达成默契。这时候我想起了我所看见的一切劳动，想起了沉浸在劳动中的人们，其姿势都是谦卑的。没有一种劳动是在趾高气扬中进行的。我似乎明白了，劳动，是人低下头来对世界的一次妥协和皈依。

当时，我还没有足够的力气推动一车泥沙，也无法从旁边帮助父亲推车，就看着父亲大汗淋淋地在风雪里推着车往返（多年后我终于明白：许多劳动、许多命运都是孤独无助的，就像父亲在那个雪夜里反复推运着一车又一车泥沙）。

终于收工了，父亲和一大群人离开了工地，只剩下一辆辆独轮车站在雪夜里。每一辆车都离得那么近。独轮车的旁边是另一辆独轮车。一辆车无法取代另一辆车承受的重量和压力。一辆车也无法减少另一辆车的孤独。走了好远，我回过身看堤坝上那些独轮车，落雪已渐渐将它们染白，在白茫茫的寂静里，它们各自的孤独汇成一片更大的孤独……

斧头

少年时，我曾做过一个游戏，将父亲用了好多年的那柄斧头，偷去埋在挖野菜的山梁上，然后栽了两棵小树作为记号，设想着再过几年挖出来，看斧头会变成什么样子。

后来在外地上学、谋生，就忘了这件事，忘记了被我埋掉的那柄斧头。

年岁一长，便渐渐回忆起往事来。也就明白了"记忆是一个人的神话，神话是一个民族的记忆"，也就记起了在我平淡的少年岁月里，也有着一个斧头的神话。

在我记忆中深埋的那个斧头，会是什么样子呢？

那年回家，我在那个山梁上找到了两棵高大的橡子树，我当时栽的那两株小树正是橡子树。在两棵树之间，埋着我早年的神话。

我小心翼翼地挖掘，如同考古学家挖掘远古的墓葬，我小心翼翼地挖掘着我的记忆。

刨去表层的腐殖土，刨去岁月的尘埃，我一点点接近时间深处的东西。

根，根，仍是根。纵横交织的根。老根、新根、粗根、细根。我被密集的根挡住了去路。

在根与根之间，我继续挖掘搜寻。

终于，在根的深处，在根的手互相紧握的地方，我触到了一个硬物，潮湿的泥土芳香笼罩着它，根的手指缠绕着它，我看见它了，它锈在泥土里，安卧在地层深处的温暖里，它已经与泥土打成一片。

一个曾经在地面上显得十分锋利和明亮的东西，多年了，已经习惯了地下的幽暗宁静。在根的把握里，在泥土和地气的劝说下，它正在慢慢地变成别的事物。

我久久地凝视着它。

最后，我将刨起的土还回原处。我告别了我早年的记忆。这再一次的掩埋，使我的记忆更深沉，我用记忆掩埋了过去的记忆。

我知道这是永恒的告别。从今，那个烙满父亲手纹也印着我的手纹的斧头，将在寂静的泥土里远行，像一个人走在自己的命运里。

起风了，橡子树叶互相拍打着，发出金属的声音，我知道，这些树叶的手掌，正是从泥土里汲取了金属，那也是我记忆中的金属。

人总是在他的岁月里埋藏一些什么，比如埋一柄斧头，埋一个永远孵不出天鹅的鹅卵石，或是埋一些泪水，埋一段眷恋……

蓑衣

用棕，有的用稻草织成。一种雨具。在多雨的南方，人们用它遮挡过数千年的风雨。在雨季，在插秧、锄草的时节。农人们披着它，走进自己有些潮湿的生活。天上漫着灰色或黑色的云，地上也漫着棕色或稻草色的云。这时候，你看不见劳动的姿势和劳动者的表情，你只看见，天上和地上，都漫着忧郁、潮湿的云。

我至今记得少年时的一个情景。那天下午，天暗得几乎要黑下来，接着是一阵又一阵炸雷，梁上的燕子都钻进巢里，不发出一点声音。猫躲在灶边，蓝眼睛里闪着忧郁和恐惧。忽然大雨开始了，那真正是天河决堤。这时候，父亲披起那件棕色蓑衣，独自走进大雨，他说：秧田的田埂会决开一个口子，那会把田里刚插上的秧苗都卷走的，他要去堵住那个口子，让雨水缓缓漫出田埂。我看不见父亲的背影，我只看见在雨雾里移动的蓑衣，很快，蓑衣也看不见了，只有猛烈的暴雨。

多年了，我仍记得那个雨中的情景。父亲有许多缺点，都可以原谅，世上的大多数人，都有许多缺点，也都可以原谅。对那在生活的风雨中劳苦挣扎的人们，多些念想和尊敬吧。父亲在雨声中的那句话仍在我耳边回响：我要去堵那个口子。是的，生活中，每一个人都要去堵一些口子，有时，要冒着可怕的风雨。

夯

一块方形或圆形的石头，当然是有足够重量的石头，镶上木柄和横杠，就叫"夯"。一个人或两个人均可使用，抬起或提起横杠，使石头尽可能高地离开地面，然后砸下去，产生的重力即可以砸平或夯实某些东西，比如一段路面，一个堤坝，或一段生活。

在人的一生中，不管你用过夯还是没用过夯，其实我们都在用力使某些东西变得结实一些，变得可靠一些。细想来，我们每个人其实就是命运手中上下起落的一只夯，有时为了夯实一段爱情，有时为了夯实一点友谊，有时为了夯实一种信仰。尽管一切都是如此脆弱和易朽，但只要我们仍被命运握在手里，我们就不由自主地想夯实一些什么。

父亲当年夯过的那段河堤早已塌下去了，夯也埋在沙土里，或许已被风化。河水仍在哗啦啦流着。在流水之外，一些看得见和看不见的夯仍在上下起落着，用力夯实一些什么。

感念祖先

记得童年时，我家的堂屋里是供着先人的灵牌的，大人们把那叫"先人牌牌"。房屋是祖传的瓦屋，一共四间，靠西第二间就是堂屋，正中的灵牌整齐地摆了一排，依次是祖父、曾祖父、太祖父，以及旁系的先人们。那时我还未上学，也不识字，不懂得辈分的排序，更不理解这里面的宗教的、伦理的奥秘，但隐隐觉得一种神秘，一种对时间的畏惧，一种生命传递的深奥秩序。

每当逢年过节，比如除夕、父母亲的生日、中秋夜，我们兄弟姐妹都要在父母的带领下，向先人们跪拜、叩头、献祭。献祭的礼物，我记得有时是几个鲜桃，有时是几个馒头，中秋夜，自然是献几块月饼一盘大枣。但是，过不了几天，大人们就让我们分吃了这些祭礼，父亲说：这是你们的祖父、曾祖父、太祖父舍不得吃，留下让你们吃的，你们吃了，就要听话、勤快、孝顺，祖宗们就会为你们高兴，为你们添福。

那时，我常常望着排列整齐的先人们，想象着，倘若他们真的能活过来，从他们的姓名里走出来，忽然站在我们面前，他们会说些什么？

当时还不懂"遗传"，但父母亲说：先人们会把他们的长相、眼神、脾气、口音传给后人的。后人就是先人的影子，后人也是先人们遥远的回声。那时流行看手指上的纹路、辨手相、猜命运，男左女右，指纹上有箩箩，有筐筐，箩箩盛米，是富贵命相；筐筐挑土，是穷苦命相。我们看着手上的笿筐，猜测着可能的命运，虽然是游戏，但也有几分严峻，对那尚未完全展开的命运，生出朦胧的恐惧和期待。

我常常对着先人牌，想象着：我手上的这些笿笿筐筐，曾经长在谁的手上？而那些看不见的手们，曾握住了怎样的命运？他们的筐筐里装了些什么，他们的笿笿又带走了什么？

不等我上学读书，一场突如其来的风暴席卷了大地，也毁掉了被指责为"封建遗物"的先人牌。先人们从此失踪了，彻底退出了我们的生活。当时还隐隐觉得痛快：这样至少解放了膝盖，从今再没有祭礼，再不用叩头下跪，再不用吃先人们"吃"剩下的东西。从此，我们不再有先人，我们不知道也不想知道自己是谁的后人。

多年后我才知道，先人失踪的那一刻，我们也失去了仅有的一点仪式化的生活；先人彻底死去的那一刻，寄存在时间中的那点不死的灵性和记忆，从此也彻底死去；先人退出了我们的时间，我们也退出了古今相连的时间。从今，我们活在时间的碎片里，记忆的线索被一把揪断，时间和生活，从此变成碎片。

于今看来，那整齐站立的祖先，是连绵不断的时间，是传递不息的记忆，是口音不变的方言，是传道不止的老师。

先人失踪了，从此我不知道我是谁的后人。

如今我连我的祖父的名字都不记得了。只知道他的字是"彩"。李彩，这是怎样一个鲜活，甚至有点缤纷、热闹的名字呢？据说他上过私塾，喜欢中医和书法，童年时，我在墙壁上看过他写的毛笔字，那是他习帖练字写在宣纸上的，后来贴在墙上当墙纸。现在还隐隐记得那字写得苍劲，特别是刀撇十分漂亮，看得出写字的那双手是何等专注。但我只能看到他被随意贴在墙上的手迹。我想象那双手，我祖父的手，想象那双眼睛，我祖父的眼睛。远在我出生之前，他已死去多年，据说只活了四十岁左右。我不知道我那名叫李彩的爷爷，究竟活得有没有色彩？是不是恰恰因为岁月太暗淡了，才期待多一点色彩？很可能，寂寞是形影不离的伙伴，才梦想着活出一点别样的动静？但是，我终于看见了他，他的手固执地穿过时间，固执地伸进了我的生活，他那么认真地在我们简陋的生活里写下庄重的繁体字，他把手温留在纸上，留在墙上，在四面漏风的生活里，他怕我们受冷。当粗暴的闪电透窗而来，他紧贴墙壁，打着古老的、复杂的手势，企图挡住什么，并抚慰易受惊吓的生活。

据说我的曾祖父是一位盐商。生意做得不大，一生都东奔西跑，一生都在向人间加盐。他充满盐的生活，一定有许多苦涩的细节。没有人比一个盐商更懂得苦多乐少的生活道理。谁也离不了盐。日子需要盐来加味，骨头需要盐来加固，泪水需要盐来勾兑。据说他贩的是海盐。经由他的手，千家万户的碗里都尝到了海的味道，他把大海均匀地引进无数生活。海并不知道这个渺小勤苦的人在奔忙什么，海忙着海的事情，海不关心波浪以外的事物。后来我的曾祖父死于一次长途贩运，另一说法是死于海潮拍岸的夜晚。他一生都在盐里奔波，最后与盐融为一体，盐主宰了他的一生，也总结了他的一生。有时候，我想我为什么总是多愁善感，经常悲悯那受难的生灵和受苦的人们，却很少有绝对幸福的感受，并固执地认为生命不是一次享乐，而是一次历险，一种担当，一种对黑暗宇宙的眺望和呼唤，人，不仅只承受命运施与自身的重压，而且也要分担自身之外的更多命运，分担自然界和人世间的无穷苦难，人生的最高境界绝不是获得现实的福利，人生的最高境界是觉悟到宇宙和万物都在受苦受难，并以自己的爱心和善行分担这种苦难，在发自内心的苦难承担中，感受到一种心灵的崇高幸福。我自认我的宇宙观中浸透了盐的成分，我的生命观中充满了海的气息。这植入血脉的气质，必来自一个久远的遗传。我知道，我那在盐里奔忙一生的曾祖父，把太多的盐沉淀在基因里。而他的身后，是无边无际的海，是层出不穷的盐。

我的太祖父的有关说法，已近于传说了，父母的说法与上了年纪的乡邻的说法，提供了多种版本，而且多是片断，都不连贯。随着时间的推移，太祖父也越来越成为古人，关于他的那些片断说法，也就成了古代传说。据说他当过土匪，有一次大雪封山，他与土匪兄弟们失去联系，躲在山洞里险些冻饿而死，一个猎人救了他，为了报恩，他就拜猎人为兄弟，并从此成为勤劳的良民，后来发家致富，娶猎人妹妹为妻，为了纪念这深山的缘分，他自己为自己另改了名字：缘山。另一种说法是，我的太祖父跟随洪秀全的军队南下反清，作战很是勇猛，他极善刀术，在他的刀下次第倒下多少冤魂。后来起义兵败，他带着浑身的伤疤和剩下的一只左胳膊，还带了一个南方女人，悄悄返回老家，置了几亩薄田，养了几个儿女，在伤口里，在刀光剑影的记忆里，度过了貌似安详的余生。

我的这位祖先，他扑朔迷离的身影，他波浪迭起的生平，使线形的时间充满了曲折，使平常的、农业的家谱，有了峰峦般的悬念。

我的祖先仅仅就是这位祖先吗？不，那位猎人也是我的祖先，那饥寒中的搭救，不仅搭救了一个土匪的性命，而且搭救了他的灵魂，也顺便搭救了——遥遥地搭救了我，使我有可能成为他的后人，使我的语言能对他进行隔世的诉说，此刻，我知道，比起我的祖先，有一个人更像是我的祖先，他搭救了我的祖先，也把我从虚无中搭救出来，使我成为我祖先的后人。

而那个只剩下左胳膊的男人，他的右胳膊丢在了哪里？想来，这个男人搂抱的空间是太大了些，右胳膊抱住了南方的土地，化进了南方的土地；左胳膊搂住了北方的夕阳，没入了北方的夕阳。那搂抱的姿势太残酷了，用力过猛的爱，更像是恨。幸存的左臂左手，一直在为右面的——为右面的过去，忏悔或战栗？据说这左手写得一手好字，且写了一部厚厚的书，那一定不是一部闲适的书，消遣的书，一定是放弃剑的手对剑的沉思，一定是浴过血的手对血的祭奠。而我的左手，有生以来不曾写过一个字，它笨拙得连"左"都不会写，它一丁点也没有继承那遥远的手功，那只是手的漫长历史里短短的误会，根本没来得及改变手的基因；我的右手只习惯于翻书、抚摸绿叶、写字或掬起一捧河水，对尖锐之物和一切凶器始终怀有敌意并保持距离——这是否因为，在灵魂的附近，出没着一只最终返璞归真的手，在劝阻和教诲？

由此，我不能说我的先人已经失踪或死去。我的先人比我更活跃，更无处不在。我日出而作日落而息，我的先人日出而作日落不息，我的先人没有日出日落，我的先人就是那循环不已、照看天地、环绕我四周的永不下沉的日。

生命作为整体看似顽强，而具体的生命极其脆弱。孕妇的一个猛烈喷嚏，可能断送一个生命；路人的一缕善念一个援手，可能搭救某个陷入绝境的命运。

我常常想象，在世世代代不停传递的血脉到达我之前，一路经历了几多凶险、几多不测、几多火情、几多潮汛？这血脉如同火把，穿过黑夜又进入黑夜，然后又穿过黑夜。风吹、雨浇、悬崖、深谷、天灾、人祸，举火把的那些手，稍有闪失，都会使火把熄灭，火种失传，都会使一线血脉中断，一座庙宇倒塌，一个家族绝灭。而终于，血脉穿过时间的千山万水，到达了此刻，到达了我。细想想，这怎能不是一种奇迹。宗教徒总是在自己的信仰里强调神的奇迹，其实，我们不必舍近求远，这天地就是神庙，这生命就是神迹，生命传递的故事，无须改写和神化，本身就充满奇迹。生命的谱系，往深里读，就读成了神的谱系。与其说我们在崇拜神，不如说我们是在崇拜生命，以及那造就着生命，又包容着生命的天地，和天地间那庄严深刻的秩序。

因此，我常常感念，感念几百万年前那第一个直立行走的猿人，他是我的远祖；感念几十万年前那位母亲，她管理着一个氏族，温暖着那些粗粝的男人，在一个悬念重重、没有理性阳光照耀的混沌天空下，她用母性的双手疏导着蛮荒的生命之河，使我们有了可以浮流而下的上游，她是我最伟大的祖母；感念那用手指在大地上画下第一缕线条和第一幅图案的人，他是我最智慧的祖先，是大师中的大师，因了他，万物从此被人辨认和书写，直至一笔一笔终于画出了自己的心灵，于是日月星辰都见证着心灵并注释着心灵，一切的存在都与心灵发生联系并丰富了心灵，他应该是我们精神的共同祖先；感念那位武将，他阻止了一场毁灭性的凶险战火，他用剑装订了险些散失的族谱，他用大勇行大善，我今天回旋于心室的血液，与数千年前的他的体温和心跳有关，他是我永远都要敬重的最有血性的祖先；感念那位巫师，那位占星士，他以神秘的语言向帝王解释天意，实则是以星相说世相，以天意传民意，他以天的法典制止了帝王的暴戾，他用非理性的方式传达了人们内心深处的朴素理性，使那迷狂的王朝也有祥云降临，百姓的夜晚也能看见几粒照明的星斗。他，一个夜夜眺望星空的人，冥想而不得其解，不得其解而总是冥想，他是我最神秘的祖先；感念那位诗人，他打磨语言如上帝打磨星星，内心的夜晚终于被他一点点打磨得精致而明亮，那些狂乱的心跳，渐渐停靠在和谐的韵脚上，于是生活渐渐有了朗朗上口的发音，爱情也有了含蓄的意境，石头的山和液体的水，从此成为崇高的英雄和婉约的女子，我今天使用的语言都被他反复凝视和打磨过，我说话，不过是他的另一种回音，语调则基本相同；我写字，不过是他的另一种姿势，字体则大致相似。毫无疑问，他是我最有美感最富诗情的祖先；感念那位农夫，他从炊烟走进雨雾，从牛羊走向稼禾，他一生都没有走出阡陌，他一会儿横着走，一会儿纵着走，他把沟沟坎坎的农业，走成四四方方的田园，走成四四方方的生活，我身上的每寸肌肤都曾经在他身上，我手上的每个纹路都曾经在他手上，淋湿我脸的雨水也曾淋湿过他的脸，扎破我手的荆棘也曾扎破过他的手，透过每一株植物我都看见他辛劳的背影，那总是弯着腰的他，那知足常乐却经常愁苦的他，正是我勤劳的祖先。

我当感念，怎不感念：那沿路乞讨的乞丐是我的祖先，大灾之后，走投无路，他完全可以一死了之，一了百了，然而他委屈着自己，以有损尊严的方式保存了性命，也最终保存了尊严，他的乞讨，不仅验证了灾后的大地并非颗粒无收，灾后的人心也并非颗粒无收，而且他使险些中断的血脉不致中断，一直延伸到此时此刻我的心跳我的怀想和我对他隔世的感恩。

我当感念，怎不感念：那低眉颔首、素衣青丝的女子，她出身于大户，却下嫁给一介乡间寒儒，她不仅为他带来了美貌，带来了风度和教养，带来了琴棋书画，也为这个家族带来了高贵的基因，从此，因了高山雪水的融入，小河变得开阔，加大了流量，并生发出浑厚的潮音。我常想，我左脸这长得太偏的痣，也许在数百年前，曾生长在她的眉心，那么确定和恰好的位置，好似一种不偏不倚的美学，呈现大美的人，必是天地运行与血脉运行的共同造物，在一个神秘时刻里的和谐结晶，如同北斗七星的神妙造型，必是天地星辰亿万载运作才提炼的动人意象。那么，接受我隔代的感恩吧，我温柔的祖先，我美貌的祖母。

我当感念，怎不感念：激流中的那只船，搭载了我下沉的祖先；黑夜里的那盏灯，抚慰了我迷路的祖先；那只可敬的大白狗，惊醒了熟睡的家族，斥退了行凶的恶人，营救了我那安分守己的祖先；还有，那只灰母鸡，以它温顺的死，它宿命般的牺牲，营养了虚弱的孕妇，那清香的鸡汤，那清香的渐渐红润的黎明。我们总是不得不在世界的柔弱部位，索取别的生命的温热，以减少我们自身的寒冷。此刻，我不能不说，我的生命与几百年前的那只灰母鸡有关，在那个早晨或夜晚，当雄鸡开始第二次啼鸣的时候，那只灰母鸡，它温存地（多么值得同情和感恩）帮助了我的祖先……

　　是的，我常感念，怎不感念？情到真时，思到深处，我发现——
　　时间深处那些渐行渐远的人，都是我的祖先；
　　这涵纳我的天地，这环绕我的万物，都是我的祖先……

转　身

　　一转身，那个动人的身影就不见了。在人海里，想再次打捞到她，再次与她相遇，哪怕匆匆一瞬，都是不可能了。

　　在都市、在广场、在车站、在机场、在大街、在超市、在乡野、在人流聚散的地方，我曾经有这种感受：转身，就是永别。

　　那一次我在北京火车站等车。在拥挤的人流里，我不小心踩了右边的年轻人。我正准备道歉或接受责备，却看见转过来一张文雅谦和的脸，他说："对不起，我挡着你了。"我竟然被感动了，只顾欣赏这张善良、有教养的脸，只顾欣赏这江南的表情，却忘了对他说声谢谢，把诚挚的心情告诉他。当我忽然记起，正要张口表达，人潮猛然涌了过来，一转身，我已找不到他，只看见攒动的人头，闪动的各色衣服……

　　还记得那年春天，我一人在秦岭深处行走，山路两旁开满野花：灯芯花、野草莓花、苜蓿花、蒲公英花……路下面的小河，清澈如镜，温柔如绸，淙淙的水声像母亲轻唤谁的乳名。四周的群山，一律被松树、柏树、桦树和茂密灌木覆盖。闻着花香，听着水声，看着山色，我恍然似已进古代，入了那"拈花微笑"的仙境。正在此时，迎面走来一位小女孩，她头上插了几朵野花，手里拿着一束菖蒲，好看的脸上满是羞涩，浑身洋溢着纯真的自然气息。但我不便过分地注意她，我怕她受到惊吓。于是我停下来，给她让路，然后静静地看她远去，欣赏着她的背影，却记不清她的眼睛和脸究竟是什么样子，匆匆的一瞥里只看到"好看"的朦胧感觉。也许，或者是一定的，我这一生只有这一次和她相遇了，只有这一次，在她还是小女孩的时候，我突然感到十分的失落和惆怅。怎么办呢？我想多看她一眼，看仔细些。我想在记忆里逼真地收藏一个像野花一样纯真的秦岭女孩。这也许是她一生里最生动的瞬间，我记起了泰戈尔的诗句："你不知道你是多么美丽，你像花一样盲目。"我情不自禁地转过身来，沿着小女孩走的方向走着，走到山路转弯的地方，出现了个三岔路口。我已经无法知道小女孩走进了哪一条路径。就那么一转身，她消失在命运的路径，也许就是我此生永远都不能踏上的路径……

冬天，已经很冷了，西伯利亚寒流远道而来，遭遇袭击的当然是穷人，最可怜的是乞丐。乞丐不多，但不多的乞丐也常常有力地触动和唤醒我们冬眠的良心。在南大街路口，我看见一位衣衫褴褛的中年乞丐。我急忙赶回家，拿上我去年穿过的那件防寒服给他。可是来到南大街，已看不见他，于是我在东大街找他，又在北大街找他，都没有找到。最后我来到丁字路口，还是没有找到他，却遇到了一个老年乞丐，一转身，苦难转换了方向，交换了背影，但苦难的身份没有改变，都是苦难。于是我把防寒的衣服披在了这位贫苦的老人身上，希望他下降的体温能稍稍回升，希望降温的人性能稍稍回升。我由此想到亚洲的穷人，非洲的穷人，全世界的穷人，想到徘徊在文明大街上的那些孤苦身影，一转身，他们到哪里去了？而文明，你能否追上去，轻轻拉起那褴褛的衣襟，或者握着那空空的手，仔细看看他们的眼睛？他们到哪里去了，一转身？

一转身，车窗外的河流已经不知去向；一转身，门前的那只鸟不见踪影；一转身，天上的那座虹桥已经悄然消失；一转身，水里的鱼已经没入深渊；一转身，父亲已经走远，新垒的坟上，墓草青青……

旭日一转身变成落日，青丝一转身变成白发，爱情一转身变成婚姻，诗一转身变成散文，羊群一转身变成毛衣……等一等，等一等，能否再转回来？

第三辑

万物生灵

但我在许多时候，在动物的眼睛里看见了纯洁、正直、尊严等动人的东西，我想象，那眼睛后面肯定也有情感和心灵。

山中访友

走出门，就与含着露水和栀子花气息的好风撞个满怀。早晨，好清爽！心里的感觉好清爽！

不骑车，不邀游伴，也不带什么礼物，就带着满怀的好心情，哼几段小曲，踏一条幽径，独自去访问我的朋友。

那座古桥，是我要拜访的第一个老朋友。德高望重的老桥，你在这涧水上站了几百年了？你累吗？你把多少人马渡过彼岸，你把滚滚流水送向远方，你弓着腰，俯身吻着水中的人影鱼影月影。波光明灭，泡沫聚散，岁月是一去不返的逝川，唯有你坚持着，你那从不改变的姿态，让我看到了一种古老而坚韧的灵魂。

走进这片树林，每一株树都是我的知己，向我打着青翠的手势。有许多鸟唤我的名字，有许多露珠与我交换眼神。我靠在一棵树上，静静地，以树的眼睛看周围的树，我发现每一株树都在看我。我闭上眼睛，我真的变成了一株树，脚长出根须，深深扎进泥土和岩层，呼吸地层深处的元气，我的头发长成树冠，我的手变成树枝，我的思想变成树汁，在年轮里旋转、流淌，最后长出树籽，被鸟儿衔向远山远水。

你好，山泉姐姐！你捧一面明镜照我，是要照出我的浑浊吗？你好，溪流妹妹！你吟着一首小诗，是邀我与你唱和吗？你好，白云大嫂！月亮的好女儿，天空的好护士，你洁白的身影，让憔悴的天空返老还童，露出湛蓝的笑容。你好，瀑布大哥！雄浑的男高音，纯粹的歌唱家，不拉赞助，不收门票，天生的金嗓子，从古唱到今。你好呀，悬崖爷爷！高高的额头，刻着玄奥的智慧，深深的峡谷漾着清澈的禅心，抬头望你，我就想起了历代的隐士和高僧，你也是一位无言的禅者，云雾携来一卷卷天书，可是出自你的手笔？喂，云雀弟弟，叽叽喳喳说些什么？我知道你们是些纯洁少年，从来不说是非，你们津津乐道的，都是飞行中看到的好风景。

捧起一块石头，轻轻敲击，我听见远古火山爆发的声浪，我听见时间的隆隆回声。拾一片落叶，细数精致的纹理，那都是命运神秘的手相，在它走向泥土的途中，我加入了这短暂而别有深意的仪式。采一朵小花，插上我的头发，此刻就我一人，花不会笑我，鸟不会羞我，在无人的山谷，我头戴鲜花，眼含柔情，悄悄地做了一会儿美神。

忽然下起阵雨，像有一千个侠客在天上吼叫，又像有一千个喝醉了酒的诗人在云头朗诵，又感动人又有些吓人。赶快跑到一棵老柏树下，慈祥的老柏树立即撑起了大伞。满世界都是雨，唯我站立的地方没有雨，却成了看雨的好地方，谁能说这不是天地给我的恩泽？俯身凝神，才发现许多蚂蚁也在树下避雨，用手捧起几只蚂蚁，好不动情，蚂蚁，我的小弟弟，茫茫天地间，我们有缘分，也做了一回患难兄弟。

雨停了。太阳像刚出浴的美人，眉目间传递出来的尽是温柔的神情。一弯虹桥也落成了，两座大山正好做了它的桥墩。修一座天堂是这么简单，只需要一阵雨的工夫，真想踏上那虹桥，一步走向天国。又一想。我上了虹桥去看什么呢？还不是看虹桥下的好山好水好意境？那么，我就站在这虹桥下，岂不既看了天国又看了地国？我，一个凡人，岂不阅尽了天上人间的风光？于是决计不登那虹桥。那虹桥好像知道了我的心事，一会儿工夫，就悄悄不见了。

幽谷里传出几声犬吠，云岭上掠过一群归鸟。我也该回家了。于是，轻轻地招手，惜别了山中的众朋友，不带走一片云彩，只带回满怀的好心情好记忆，顺便还带回一路月色……

野　地

　　野地并不很野，就在城的郊外。

　　在随便什么时辰，对城市做一次小小的逃亡，到野地去呼吸，去想些什么或什么也不想，就一心一意感受那野地，是我的一门功课。

　　野地有很多树。柳树、松树、槐树，还有叫不出名字的灌木。不是成材林，也非防风林，结出的果子也不能食用，是一片无用的杂木林。它安于它的无用，保全了自己，也保全了这一片野地，在我眼里，它是这般地有了大用。它不仅供给我清新的空气，也免费让我欣赏鸟儿们的音乐会，且是专场，聆听、鼓掌都是我一人。黄鹂的中音，云雀的高音，麻雀的低音，布谷鸟抑扬有度的诗朗诵，报幕的是斑鸠吧，清清朗朗的几句，全场顿时寂静，接着出场的是鹦鹉，不像是学舌，是野地里自学成才的歌手；路过的燕子也丢下几句清唱，全场哗然，喜鹊拖着长裙出面了，它像是不大谦虚也不留情面的音乐评论家："叽叽喳喳"——它是说"演出很差"？于是众鸟们议论纷纷，议论一阵就暂归于寂静，奖金是没有的，午餐补助从古至今就没领过。它们四散开去，各自找自己的午餐。

　　林子的外面长满了草，招引来三五头牛或七八只羊。牛有黑有黄，羊一律的白。羊口细，总是走在前面选那嫩的草，那么认真地咀嚼着，像小学生第一次完成作业。我抚摸一只小羊的犄角，它做出抵我的样子，眼睛里却是异常的天真温良，它是在和我开玩笑，那抵过来的角，握在手里热乎乎的，它一动不动地让我握着，我们彼此交换着体温和爱怜。我顺手递给它一株三叶草，又握了握它的角，说了一声："好孩子"，却再也说不出下面的话，因为我忽然想起了我穿过的那件羊皮袄。我觉得我对不起这些可爱又可怜的羊，它们是多么纯真的孩子啊。正想着，那头大黑牛走过来，它埋头吃草，就像我埋头写诗，都是物我两忘的境界。一个小土坎它却爬得很吃力，我这才发现它是怀孕的母亲，脖颈上有明显瘀着血的疤痕，怀孕期间它仍在负重拉犁？我走过去，急忙牵起缰绳拉它一把，它上来了，感激地望着我，我看见了它眼角的泪痕，我向它点点头，示意它快些吃草，祝福它身体健康，分娩顺利，一路平安。我的心里多少有点苦涩，贴近哪一种生命，都觉得它们很美丽，也很苦涩。我终止了我的联想。我看见，远处那黑牛，仍不时地抬起头望我……

野地的边缘有一小块瓜菜地。包菜一层一层包着自己内心的秘密，像一位诗人耐心地保存着自己最初的手稿。芹菜仍如古代那么质朴，青青布衣，是平民的样子，也是平民的好菜。红萝卜，通红的小手仍在霜地里找啊找啊，在黑的泥土里它总能找到那么鲜红的颜色。南瓜不动声色地圆满着自己，据说南瓜在夜晚长得最快，特别是在月夜，那么它一定是照着月亮的样子设计着自己，它把月光里的好情绪都酿成内心里的糖。西瓜像枕头，却无人来枕它做梦，我就睡在这枕头上，果然睡着了，梦见我也变成了一个西瓜，在大街上乱滚，差点碰上了钢铁和刀子，于是我又返回到野地，我掐一掐自己，想尝尝，却感到了痛，于是我醒来，看见西瓜仍然自己枕着自己酣睡。

这时，我隐隐听见了水声，野地的前方是一条河，我看见它微微露出的脊背，白花花的脊背，它摸着黑赶路。是子夜了，月亮悄悄地升起来，月光把野地镀成银色。星星们把各种几何图案拼写在天上，地上有几处小水洼，临摹着天上的图案，也不注意收藏，风吹来，就揉碎了。恰好有几片云小跑着去找月亮，月亮也小跑着躲那些云，云比月亮跑得快，月亮终于被遮住了。

星光照看着野地，有些暗，但很静，偶尔传出几声蝈蝈叫，我能听出它们的雌雄……

牛的写意

牛的眼睛总是湿润的。牛终生都在流泪。

天空中飘不完的云彩，没有一片能擦去牛的忧伤。

牛的眼睛是诚实的眼睛，在生命界，牛的眼睛是最没有恶意的。

牛的眼睛也是美丽的眼睛。我见过的牛，无论雌雄老少，都有着好看的双眼皮，长着善眨动的睫毛，以及天真黑亮的眸子。我常常想，世上有丑男丑女，但没有丑牛，牛的灵气都集中在它的大而黑的眼睛上。牛，其实是很妩媚的。

牛有角，但那已不大像是厮杀的武器，更像是一件对称的艺术品。有时候，公牛为了争夺情人，也会进行一场爱的争斗，如果正值黄昏，草场上牛角铿锵，发出金属的声响，母牛羞涩地站在远处，目睹这因它而引发的战争，神情有些惶恐和歉疚。当夕阳"咣当"一声从牛角上坠落，爱终于有了着落，遍野的夕光摇曳起婚礼的烛光。那失意的公牛舔着爱情的创伤，消失在夜的深处。这时候，我们恍若置身于远古的一个美丽残酷的传说中。

牛在任何地方都会留下蹄印。这是它用全身的重量烙下的印章。牛的蹄印大气、浑厚而深刻，相比之下，帝王的印章就显得小气、炫耀而造作，充满了人的狂妄和狡诈。牛不在意自己身后留下了什么，绝不回头看自己蹄印的深浅，走过去就走过去了，它相信它的每一步都是实实在在走过去的。雨过天晴，牛的蹄窝里的积水，像一片小小的湖，会摄下天空和白云的倒影，有时还会摄下人的倒影。那些留在密林里和旷野上的蹄印，将会被落叶和野花掩护起来，成为蛐蛐们的乐池和蚂蚁们的住宅。而有些蹄印，比如牛因为迷路踩在幽谷苔藓上的蹄印，就永远留在那里了，成为大自然永不披露的秘密。

牛的食谱很简单：除了草，牛没有别的口粮。牛一直吃着草，从远古吃到今天早晨，从海边攀缘到群山之巅。天下何处无草，天下何处无牛。一想到这里我就禁不住激动：地上的所有草都被牛咀嚼过，我随意摘取一片草叶，都能嗅到千万年前牛的气息，听见那认真咀嚼的声音，从远方传来。

牛是少数不制造秽物的动物之一。牛粪是干净的，不仅不臭，似乎还有着淡淡的草的清香，难怪一位外国诗人曾写道："在被遗忘的山路上，去年的牛粪已变成黄金。"记得小时候，在寒冷的冬天的早晨，我曾将双脚踩进牛粪里取暖。我想，如果圣人的手接近牛粪，圣人的手会变得更圣洁；如果国王的手捧起牛粪，国王的手会变得更干净。

在城市，除了人世间浑浊的气息和用以遮掩浑浊而制造的各种化学气息之外，我们已很少嗅到真正的大自然的气息，包括牛粪的气息。有时候我想，城市的诗人如果经常嗅一嗅牛粪的气息，他会写出更接近自然、生命和土地的诗；如果一首诗里散发出脂粉气，这首诗已接近非诗，如果一篇散文里散发出牛粪的气息，这篇散文已包含了诗。

动物的眼睛

我遇见动物总是先观察它们的眼睛。这好像并不是受了教科书的影响。当然书上说得也有些道理，比如"眼睛是心灵的窗口"，这个比喻好像只限于人的眼睛，透过这"窗口"就能看见"屋子"里摆放的那颗"心灵"。照一般的理解，动物是没有心灵的，它们的眼睛自然也就不是"心灵"的"窗口"。那么，动物的眼睛是什么呢？

有人说动物的眼睛仅仅只是眼睛。

那人又说：当然，你也可以把动物的眼睛比作窗口，不过，从这窗口你什么也看不见，"窗口"里面是一间黑屋子。

黑屋子里摆放的是什么呢？那人说：是胃。

我不信那人的说法。我相信我的观察。我所看见的动物眼睛，有的很妩媚，有的很谦卑，有的很伤感，有的很忧郁，有的很愤怒，当然有的也有些凶狠，有的呢，还有着难以说清的迷茫、厌倦和悲苦，给我印象特别深的，是有些动物的眼睛里流露着一种令人同情的痛苦和祈求的眼神。

见得最多的是牛的眼睛。小牛的眼睛是透明的，猜想它眼中的世界是一片碧绿的草场，所以它眼神里洋溢出的光亮总那么纯真和自信，它相信生活给它准备的都是蓝天、溪水、绿草坪，它不知道什么叫负重，什么是鞭子，它更不知道这个世界还有屠宰场，还有牛肉罐头，还有牛皮鞋……除了知道母爱和好吃的东西，再也不知道还有别的什么，这就叫童年。我想，我们的童年不也和牛的童年一样无知吗？无知给了我们幸福、幻想、青草遍地的感觉。后来见识了鞭子、牛轭、重量、泥泞，见识了荒凉的悬崖和干涸的河床，见识了疾病、疲惫、伤口，这时候，牛已是成年或者老年了，眼睛里的透明和喜悦渐渐消失，忧郁的眼神，浑浊的泪水，我们看见的牛总是刚刚哭过的样子。

马的眼睛都有好看的双眼皮，雄马英俊，母马健美，马不需要做美容手术，个个都是美丽又透着英气的好马。马的鬃毛飘洒下来，正好作了眼睛的"窗帘"。"帘子"后面的眼睛时隐时现，透出几分朦胧和神秘。它们的眼睛很专注，总是望着前方，好像前方有急切的召唤，有温暖的家。马很少瞻前顾后或左顾右盼，除吃草或睡觉的时候，它们都在凝视远方。如果人走在路上也这样不瞻前顾后左顾右盼，人的一生要走多远的路？可惜，大量的岁月都在瞻前顾后左顾右盼中虚度过去了。望着这些有着美丽眼睛的马，有着大家风姿、英雄基因的马，我有时候真为它们抱屈：驰骋疆场的英雄岁月远去了，就这样做一头家畜？和驴一样拉杂货混一口饲料吃？就这样在规定的路线上周而复始地走来走去，直到颓然倒下？我看它们的眼睛里好像对此没有多大怨尤，平静得有些麻木，我一想，它们是退化了，英雄的后裔终于变成平庸的家畜。但我又为它们的麻木庆幸，要是它们总惦记着那些驰骋的往事，眼前这负重的、雷同的、碌碌无为的日子该怎么忍受？但我再一看它们那英俊的眼睛，就由不得想：这本该是英雄的眼睛呀。

笃诚，这是驴的眼睛给我的印象。笃诚的眼睛总是感动人的，至少是让人信任的。许多文人诗人对驴都有好感，我想，除了它的脾气好，大约还因为它那不存恶意的诚实的眼睛。数千年来，驴就是普通劳动者的好帮手，老百姓总爱说"驴儿"，这是昵称，亲切的称呼里包含着对它的感激。"细雨骑驴入剑门"，陆游骑驴走在细雨漾漾的宋朝，那头可爱的驴丰富了诗的意境。今天的诗人如果谁说"细雨骑摩托入剑门"，"细雨骑飞机入剑门"，"细雨骑火车入剑门"，是没有半点诗意的。驴再卑微，驴也是生命。飞机再豪华，飞机也不是生命，只是金属制作的运输工具。更重要的是，再高级的工具都没有眼睛。而我们知道，驴有一双笃诚的眼睛，所以陆游骑着它，就把宋朝的一段山路走成了不朽的诗。

羊的眼睛单纯极了，那真正是孩子的眼睛。我多次站在或蹲在羊面前，看它的眼睛，那是一片晴空和月色，那是没有被污染的大自然的眼睛。野心家、阴谋家、奸臣、恶棍、市侩、骗子，在这样的眼睛面前应该感到自己是多么脏、多么邪恶，多么不地道，不仅失去了人之为人的本真，而且连动物也具有的纯朴的自然属性都丧失了，说他不是人，是在骂他；说他是动物，简直是抬举了他——动物所具有的诚实、质朴、单纯，他有吗？我最爱看羊低头吃草的样子，它咀嚼得那么认真，仿佛不是在为自己，而是为着一个更遥远的目的，它最喜欢有露水的青草，它带着欣赏的神情品味着大自然的礼物。我忽然明白了，一个以露水、青草为食物的生命，它的性情里肯定也带着露水的纯洁和青草的芳香。我想，这大约是羊天性良善的原因；这大约也是羊总被狼吃的原因。食草动物常常要输给食肉动物。我不仅为羊忧虑起来：羊的悲剧就这样演下去？但是，羊对此浑然不觉，羊的那双孩子般的眼睛，仍在寻找露水和鲜美的植物。

人们总是骂势利眼为"狗眼"。可见狗天生一双势利眼，如那些势利小人。但是还有另一句评语为狗平了反："狗不嫌家贫。"比起忠实的狗，势利的奴才们是远远不如的，奴才们总是根据风吹草动不断变换自己效忠的主人。我观察过狗的眼神，倒不像有些人说的那样势利或下贱，相反，狗的眼神里有机智、有褒贬，也有自尊。有一次我长久地凝视朋友家里那只白狗的眼睛，开始，它也望着我，似乎在与我交流，四目相对，过了些时候，那狗仿佛觉得这样互相呆望着太没趣，有失尊严，便不好意思地将眼睛移往别的方向，过一会儿，又偷偷瞥我一眼，看见我仍在望它，便转身走了，好像在说："这不知趣

的人的眼睛。"我望着狗远去的背影,忽然想到:人失去了尊严,真不如这有尊严的狗。

"眼睛是心灵的窗口",这是人自己表扬自己的眼睛,动物自然是不配的。但我在许多时候,在动物的眼睛里看见了纯洁、正直、尊严等动人的东西,我想象,那眼睛后面肯定也有情感和心灵,只是我们不能或不愿去认识和发现罢了。相反,我倒是从人的"窗口",窥见了伸手不见五指的黑屋子。难怪有人说:见多了人的眼睛,你会觉得动物的眼睛更美。因为它纯洁。

喜　鹊

　　喜鹊这名字真是起神了。见多了天底下的鸟，就发现只有这喜鹊该被叫作"喜鹊"，不信，你试着把斑鸠叫喜鹊，它不像，它像个老学究，且是那种"述而不作"的学究，一年四季都在"注释"，说起话来也是咬文嚼字没有新意，更没有一点喜气；设若古人一开始就把麻雀叫"喜鹊"，那么后人是会更正的，它叽叽喳喳，像在说是道非，从它嘴里，好像听不到什么"喜"；燕子不能叫"喜鹊"，它太劳碌；白鹤不能叫"喜鹊"，它太高傲。

　　喜鹊，只能是这一种，只有它才是喜鹊。

　　它说话节奏很快，嗓音畅亮；羽毛黑里透白，一点严肃被轻盈的亮色冲淡；尾巴长长的，礼服是大了一些，看这装束，不正是旧时代那些主持喜庆仪式的文雅秀才？

　　它更像一个能说会道的小媳妇，很真诚，又有点轻薄，心里藏不下什么秘密，总要抖出来才能安静地过夜。新巢筑起来，它报喜；女婿回家了，它报喜；分娩了，它报喜；孩子满月了，它报喜；孩子分家了，它报喜；它终于老了，它报喜；它不能再向大家报喜了，它仍然拖着老迈浑浊的嗓子，向大家最后一次"报喜"，不过，有经验的老人却伤心起来，他们听见了不祥。几天以后，林子里或原野上，人们会发现一具喜鹊的遗体，原来，那最后一次"报喜"，是它在向大家告别呀。

　　望着榆树上那空空的鹊巢，老人的心里也空空的。不过，想起喜鹊不忧生、不惧死的一生，老人忽然有了顿悟，心里升起一种超然于物外的宁静。

　　鹊巢里又有喜鹊了。在充满忧患的日子里，它减轻了我们灵魂的负担；虽然，风雨经常袭击它的小屋，竹竿、子弹、毒药、天敌时时窥视着它，危险来自四面八方。喜鹊，你这纯真的鸟儿，你继承并保存了乐天的性格，你相信只要天空还有白云，生活就不会总是灰色的。你不停地报喜，你似乎相信，只要不停地重复这古老的信念，天上地下，树上树下，总会多一些喜气的，至少不那么太糟……

鸟

万千生灵中最爱干净的莫过于鸟了。我有生以来，不曾见过一只肮脏的鸟儿。鸟在生病、受伤的时候，仍然不忘清理自己的羽毛。疼痛可以忍受，它们不能忍受肮脏。鸟是见过大世面的生灵。想一想吧，世上的人谁能上天呢？人总想上天，终未如愿，就把死了说成上天了。皇帝也只能在地上称王，统治一群不会飞翔只能在地上匍匐的可怜的臣民。不错，现在有了飞机、宇宙飞船，人上天的机会是多了，但那只是机器在飞，人并没有飞；从飞机飞船上走下来，人仍然还是两条腿，并没有长出一片美丽的羽毛。鸟见过大世面，眼界和心胸都高远。鸟大约不太欣赏人类吧，它们一次次在天上俯瞰，发现人不过是尘埃的一种。鸟与人打交道的时候，采取的是不卑不亢、若即若离的态度。也许它们这样想：人很平常，但人厉害，把山林和土地都占了，虽说人在天上无所作为，但在土地上，他们算是土豪。就和他们和平相处吧。燕子就来人的屋子里安家了，喜鹊就在窗外的大槐树上筑巢了，斑鸠就在房顶上与你聊天了。布谷鸟绝不白吃田野上的食物，它比平庸贪婪的俗吏更关心大地上的事情。阳雀怕稻禾忘了抽穗，怕豆荚误了起床，总是一次又一次提醒。黄鹂贪玩，但玩出了情致，柳树经它们一摇，就变成了绿色的诗。白鹭高傲，爱在天上画一些雪白的弧线，让我们想起，我们的爱情也曾经那样纯洁和高远。麻雀是鸟类的平民，勤劳、琐碎，一副土生土长的模样，它是乡土的子孙，从来没有离开过乡土，爱和农民争食。善良的母亲们多数都不责怪它们，只有刚入了学校的小孩不原谅它们："它们吃粮，它们坏。"母亲们就说："它们也是孩子，就让它们也吃一点吧，土地是养人的也是养鸟的。"

据说鸟能预感到自己的死亡。在那最后的时刻，鸟仍关心自己的羽毛和身体是否干净。它们挣扎着，用口里仅有的唾液舔洗身上不洁的、多余的东西。它们不喜欢多余的东西，那会妨碍它们飞翔。现在它就要结束飞翔了，大约是为了感谢这陪伴它一生的翅膀，它把羽毛梳洗得干干净净。

鸟的遗体是世界上最干净的遗体……

致远逝的乌鸦

你是如此袒露你与黑夜的血缘关系。

你一次次对白昼说：我是黑夜的孩子。

一枚枚黑色的飞梭，穿插于昼夜之间，把时光织成一件完整的衣裳。

在我们的时间之外，经历另一种时间，然后用自己发明的语言，说出我们不知道的真相。

在我们的文化之外，掌握了另一种文化，对于你，不过是通俗的常识，对于我们，很可能是晦涩的巫术。

我们恐惧墓地，尽管我们日夜兼程，注定要投奔那里。但是，出于狭隘的理性和自欺欺人的自恋，我们总是千方百计绕开那最终的陷阱，或者用华丽的修辞去装饰它。

而你，却把墓地当作修道院和会场。

你就在那里经常自己与自己辩论，有时，就大声与远处的人类辩论。

当你们安静下来。黑云一样盘卧在树枝上和墓碑上，这时候的碑文就显得特别深刻，是你在旁边提示一种更为庞大的存在。

是你在照料着我们的身后，使我们在不再存在的时间里，变成一种哲学的存在，变成一种更有意味的存在。

这也就是你为什么喜欢落日，为什么总是在黄昏集体出场——

你从远古以来，就一直主持落日的仪式，而落日，把多少命运和记忆，一起带进了黑夜深处。

对我们早已熟视无睹的落日，你却始终投注巨大的悲情，从落日的背影里，你好像看见了无数事物正在离去。

世上有的是快乐的鸟儿，现实的鸟儿，忙于吃吃喝喝寻寻觅觅说说笑笑的鸟儿。

世上很少有你这样特立独行的鸟儿。

你们生来就是忧郁和深刻的，有着宗教般的肃穆品格。

你注定不会成为宠物，养在金丝笼里，供在华丽客厅里，模仿那些阿谀的话语。

你注定不会飞进皇家园林，盘旋在权力的头顶。黑夜展开的伟大词典里，没有一个词是用于趋炎附势的。

你在废墟上夜夜出没，代代研习，这使你惯于用废墟的视角俯瞰繁华，远眺喧嚣。你提示我们：最伟大的建筑师，都在为未来准备废墟。

你总是低调地介入我们不免有些张狂的日子。

你总是以似乎不祥的语气为狂暴的车轮发出警示。

你总在快乐的白天撩起黑夜的一角衣襟。

这就是你不被喜爱的原因。

你们走了。

没有了你主持的隆重葬礼，落日是那么潦草地收场，光明的火神，沦为自生自灭的野火。

没有了你那深奥的旁白，没有了你投下的阴影，我们的筵席是如此贫乏和浅薄。我们的酒令仅仅是饱嗝的另一种形式，失去了隐喻和象征。

我终于发现：失去了你，夜晚变得更黑了。

你这不祥的物种，你这忧郁的鸟儿，没有了你，空荡荡的天空，显出更大的不祥。

偶尔，我一个人站在黄昏的荒野，代替你主持夕阳的葬礼……

为蚂蚁让路

　　我扛着行李远行，在路的转弯处，有一个水滩，蚂蚁们正在排队饮水。

　　我若只顾赶路，无视它们的存在，双脚踩下去，也许，一个王国就土崩瓦解了。

　　兴许是天意，就在这个瞬间，我的眼睛向下，看见了它们。

　　与我保持相反的方向，它们排着整齐的队伍，在它们的宇宙里，在史前的洪水刚刚退潮的间隙，它们，这朝圣的队伍，膜拜着新发现的生命源头。

　　我的双脚犹豫了一会儿，接着停下来，我礼貌地，而且怀着尊敬，我站在它们面前，与它们保持着大约五厘米的距离。

　　仅仅隔着五厘米，我因而不是它们的死神，我因而成了它们的欣赏者和祝福者，在永恒的长路上，我因此改写了时间残暴的属性，我成为宇宙中最温柔的一瞬，最无害的一个细节。

　　仅仅隔着五厘米，一个我暂时不能与之对话的种族，得以保全它们的母语，不因我的闯入，而中断它们的神话和信仰。

　　仅仅隔着五厘米，一个我根本无权也没有能力治理的王国，得以保持完整的国土、江山、伦理和政治制度，而且继续繁荣兴旺。

　　仅仅隔着五厘米，它们那孤独的女王，避免了亡国的厄运，它的黑皮肤的臣民仍然忠实于它，在庞大的王国上奔走、劳碌、寻觅，维护着这古老的共和。

　　想一想，这么多表情一致，服饰一致，信仰一致，技艺一致的黑色的、颗粒状的生命，也在这它们根本不理解的庞大宇宙里，为了一个简单的信仰，围绕一个孤寂的中心，忠心耿耿，风尘仆仆地远征着、辛苦着、历险着，想一想，这该是怎样惊心动魄的奇迹？

我礼貌地为它们让路，怀着敬意，我注视着它们在水滩边——在它们的大陆上新出现的大海边，排队饮水、洗脸，互相礼让并互致注目礼，然后带着湿润的心情，一边感恩，一边返回它们祖国的内陆。我目睹了整整一个王国的国家行为：在新生的大海边取水，并重订契约，确认对国家和女王的忠诚。

我真想请求它们中的某一位，为我领路，带我访问它们的国家，去拜见它们那德高望重、才貌双全，又难免有些孤独的女王。

然而我根本不具备这种能力和资格，这是一件比到遥远的外星会见另一种智慧更困难的事情。

我能做的，仅仅是礼貌地停下，为它们让路。

对一只蝴蝶的关怀

初夏的一个上午，我去河边散步，看见河湾旁边一个小男孩和一个小女孩正在忙着什么，神情紧张专注，不时地小声商量着，好像正面对一件严重的事情。我轻轻走近他们，才看见他们正在营救那水面上盘旋挣扎的一只花蝴蝶。那蝴蝶也许翅膀受伤了，跌入水中又因翅膀过于沉重而无法飞行。小男孩将一枝柳条伸向水面，但柳条太短，小女孩又折了一枝柳条，解下自己的红头绳将两根柳条接起来，终于够着那只蝴蝶了。然而它仍然不配合，不知道赶快爬上这小小"生命线"。小女孩急忙摘下头上的蝴蝶形发卡，系在柳条的一端，让小男孩投向水面的蝴蝶附近，示意它：这是你的同伴来搭救你了，你不认识我们，你总该认识你的同伴吧。果然，那弱小的蝴蝶扇动几下翅膀，缓缓地挨近这一只"蝴蝶"，缓缓地爬上这只"蝴蝶"结实的翅膀，小男孩慢慢地将柳条移向岸边，蝴蝶终于上岸了，两个孩子快乐得又说又笑。

我以为事情到此结束了，然而，两个孩子又商量着这只蝴蝶今后的生活，牵挂着它的命运。他们小心地把蝴蝶放在阳光下的草地上正开放着的一丛野蔷薇花上，让它一边晒太阳，一边汲取花蜜。但是，他们仍觉得这种安排不到家，他们担心贪嘴的鸟啄食了这需要安静疗养的可怜蝴蝶，就采了几片树叶搭起一个简易的绿色"避难所"，将蝴蝶护在里面。他们相信，待它安静休息一些时候，伤口愈合，体力恢复，它就能旋舞在春天的原野。

今天上午我本来是不准备出门的，想待在家里读书或写作。不知道什么原因我还是出门了。多亏我走出了门，在书之外，我读到了春天最纯洁、最生动的情节。在我小小的文字、生硬的键盘之外，孩子们和那只蝴蝶、那片水湾，组合成真正满含温情和诗意的意象。在我的思路之外，孩子们的思路才真正通向春天深处，通向心灵深处。

在回家的路上，我想了许多。首先我觉得我的善心比孩子们淡漠得多也少得多，或许我更关心的是自己的生存、利益、脸面、尊严，而对其他生命和生灵的生存处境及他（它）们所受到的伤害，并不是太关心，即使关心，也不是感同身受和倾力相助，即使关心了，也并非完全不求回报。总之，我觉得，仅就善良、纯洁这些人性中最美好的东西而言，我们不是与日俱增，而是与日俱减。人随着年龄的增长、阅历的加深，人性中的"水土流失"也会逐渐加剧，而流失的，恰恰是善良、纯洁这些人性的好水土，内心的河流渐渐变得混浊，泥沙俱下。细想来，这是多么可惜的事情。人性的好水土流失了，纯真情怀少了，实用理性多了，率真少了，算计多了，在这一多一少的增减过程里，人们的情感和心灵，就渐渐出现轻度或重度的"荒漠化"了。由这样荒漠化的人组成的人群和社会，岂不是大沙漠？那时不时呼啸着扑面而来、飞沙走石、遮天蔽日的，莫不是人性和人心的沙尘暴？

那两个可爱的孩子，他们是这个早晨的天使。他们对一只蝴蝶的同情、对事物的爱，是真正出自善良的天性和纯洁的内心。除了爱，他们没有别的动机，爱在爱中满足了。不求回报的爱，才是大爱、真爱。不求回报的爱，也许才会获得事物本身乃至整个大自然更丰厚的回报。试想，孩子们在拯救一只受伤生灵的过程中，内心里漾溢着怎样纯洁的愿望和爱的激情？这种内心体验，本身就丰富了孩子们的情感世界，化作他们宝贵的精神资源和美好记忆。在培植美好事物的时候，内心的愉快是任何东西都无法带来的愉快，你给世界带去了一点希望，同时你的生命也被这点希望之光照亮。那只蝴蝶当然不会飞到这两个孩子家的花园里向他们点赞致意，但或许，整个原野和春天，都会从孩子们的善良行为中受益，若干年后，甚至几百年几千年后，如果有某种险些灭绝而终于没有灭绝的花卉，它在一次神奇的转机中获得了再生，成为某个城市的市花，或成为某个国家的国花，也许这美丽的花的命运就与一只蝴蝶有关，与这只蝴蝶的一次及时传花授粉有关，与两个孩子有关，与若干年前，那个五月的早晨有关……

水边，那只白鹤

　　星期天，我到河边散步，随身带了一本《昆虫记》，法国昆虫学家法布尔的名作，被誉为"昆虫的史诗"。这部书共有 10 卷，我今天带的是其中写蜜蜂、土蜂的那本。现在是 4 月，庄稼拔节，杂花满地，油菜花开得正盛，金黄色的波浪铺张成海洋，远远看见两个小孩手挽手从阡陌走过，很快就被花海淹没了，心里感叹：这是多么美好的失踪啊。走在植物之中，你不能不佩服植物的单纯和伟大，它们并没有用心策划，也不发什么宣言，只是简单地随了季节和阳光的感召，就让整个大地换了一个模样。这季节最幸福最忙碌的，当是蜜蜂们。它们纷飞于花海，吟唱于暖风，在空中开辟了无数通道，把春天的精华，运往它们的秘密工厂。

　　在蜜蜂们身边读关于蜜蜂的书，我想也许能读得更深入。虽然这是 19 世纪一位法国人写的法国蜜蜂，但我想，蜜蜂没有国籍，时间也不能轻易改变蜜蜂们爱花的本性和酿蜜的技艺，所以我要在这个春天里证实：我看见的蜜蜂和法布尔看见的蜜蜂，是大同小异的，都是宇宙间最优秀的蜜蜂。

　　我坐在临近河湾的一片油菜地边，"检阅"了数千只蜜蜂以后，我翻开书，读到第 5 页，在描写蜜蜂将花粉装入胸前的"花篮"这一段的时候，我抬起头来，想锁定某只蜜蜂，看看它的"花篮"是否已经盛满，看看它劳作时的表情，听听它对春天、对花的评价。然而，当我抬起头，我竟看到了前面，芦苇轻摇的河边，站着一只白鹤。它长久地俯首凝视着水面。它肯定早已看见我了，但它并不留意我，也不戒备我，它只是低着头，看着流得很慢的水。

我吩咐自己，不打扰它了。白鹤是清高的生命，也是易受伤害的生命。我与它保持距离。适度的距离，是自由的条件。与人打交道是如此，与自然打交道是如此，与鸟打交道肯定也是如此。

于是我又观察蜜蜂，公元 2005 年 4 月 8 日中国的蜜蜂，汉中的蜜蜂，土生土长的优秀蜜蜂。而《昆虫记》里，19 世纪法兰西的蜜蜂们，仍飞翔在法布尔满含着惊奇的目光里。优秀的花，优秀的蜜蜂，优秀的文字，我对大自然中优秀的一切，充满了感激和敬意。

大约过了两个小时，我抬起头来，竟看见那只白鹤仍一动不动地站在原来的位置，低头凝视着水面。它不会是在那里等待鱼虾从水中跃出，据我以往的观察，白鹤在一个地方寻找食物，顶多过 20 分钟就要转移，灵性的鸟不犯"守株待兔"的错误。

那么它为什么要久立一处呢？

我不禁关切起它了。我合上书，离开旋绕在我身边的蜜蜂们，我绕着河湾轻轻靠近它，尽量不让它受到惊吓，在离它约 5 米的地方，我蹲下来，我想知道它在凝视什么。

我终于看见了，我也知道了。

它久久凝视着的，是自己投在水中的倒影。

它每过大约 10 分钟，就将嘴伸向水里，仿佛要把水中它的影子噙出水面，然而让它想不到的是：它却因此将那影子弄丢了，荡漾的水纹，竟是漂亮而阴险的坟墓。

它于是伤心地注视水面，慢慢地，水纹消散，水面复归平静，那被掩埋的影子又活过来，越来越逼真，而且再一次走近它。

于是，它又将嘴伸向水里，比以前更小心地，它要把水中的影子噙出水面……

直到黄昏，蜜蜂们纷纷归去，它们遵守着数万年来的作息规律；

夕阳靠近远山，就要从唐朝的那个豁口里落下去；河水此时变得色彩黏稠而且有点喧闹起来。油菜花和各种植物的香气混合着，黄昏似乎是香气最浓的时候，然而我顾不得也没心思认真呼吸，我心里牵挂着别的。

它，那只白鹤，也该归去了吧？

然而，它还站立在那里，低头凝视着水面。远山在落日的背影里锃亮了一阵，渐渐暗下去，原野、河流也跟着暗了下去。暮色里，它的影子的轮廓变得模糊了，慢慢地消融于庞大的夜色里。但我始终不忍靠近它。我怕惊扰了它，有时候，惊扰也是一种伤害。天黑了许久了，我也没有听见有翅膀飞动的声音。肯定，它还在那里站着，注视着黑暗的水面。

我十分不安地离开河湾。我的心很内疚，我竟不能为它提供一点小小的帮助，也没有语言能劝说它。我无法让它走出这忧伤的河流。

我仅仅记下日记一则，表达我对另一种生命的同情和尊敬。

我早就听说过天鹅交颈而死的故事，一对雌雄天鹅以这种决绝的方式殉了它们痛苦的爱情。鹤是水中仙子，对食物和婚恋也染了洁癖。对恋人从一而终，不是道德对它们的要求，而是天性使然。地上的大部分河流或污染或枯竭，但它们的情感依然保持着上古时代的清澈和纯真。如果夫妻一方遭遇不幸，健在的一方也常常忧郁而死。我今天就在河边目睹了令人伤怀的一幕。另一只可能已死于非命（饥饿而死，或者喝了污染的河水中毒而死，或者被人用枪弹打死），这一只就来到它们往日生活过的河湾苦苦寻找，它看到水里走来了另一只，走来了它的爱人，于是它就反复地要将它噙出水面，它不知道那是它自己的倒影，它的虚幻的影子。它相信那是它的爱人，它相信它的爱人会走出水面。唉，这世界就是如此让人留恋又令人忧伤，甚至让人揪心的痛，蜜蜂们仍在为忘恩负义的人类酿蜜，而同时，在一条污染的河流的岸边，一只白鹤正在孤独忧郁地死去，比起既贪婪又浅薄而且没有操守的一部分人类来，这白鹤是多么高贵和值得尊敬呢！然而它必须要死去吗？美的事物纯真的情感就必须要这样结尾吗？美必须要上演成悲剧才能让我们欣赏到悲剧美吗？今天的大部分时间我是在蜜蜂们身边度过的，然而它们的蜜，无法消除我内心的苦涩。明天，我是否要到河边去看看？然而我不忍去看，那伤心的水面，除了日益增加的污物和病毒，怕是什么都没有了……

与植物相处

不管如何，与人相处多了也会有烦的时候。即使孔夫子在世，天天接受他老人家的教导，恐怕有时候也想请假两天在家里闭门思过，享受独处的宁静。即使李白在月光下复活，与他三五天喝醉一次是可以的，甚至是"不亦快哉"的，但如果日日狂饮，夜夜醉倒，不仅诗写不出来，还会喝垮了身体。"圣人"和"诗仙"尚且如此，何况世上并非都是你喜欢和热爱的人，产生"烦"甚至更不好的情绪就难免了。

宠物大约就是由此"宠"起来的，人们养猫、养狗、养鸟，养一些可爱温顺的动物，动机之一恐怕就是想适度地拉开与"同类"的距离，而在与"异类"的相处中感受一种无忧的情趣。与这些动物相处，人可以回复到一种简单的心境，不必戒备和算计，也不必那么多的礼节，更不用点头哈腰献媚讨好。这一切都免了，动物不欣赏人类的文化。你只要喜欢它，它就给你回报：猫就偎在你的怀里，狗就向你撒娇，鸟就向你唱歌。在简单、纯洁的动物面前，人也变得简单、纯洁了，人就有了从容、宁静、无邪的心境，领略生命与生命交流的喜悦。

但是人能与之相处的动物的种类还是太少了，宠物是人精心选择和驯化了的。人不能和狼相处，麻雀好像压根儿不想与人类建立什么亲近的关系，它们只喜欢给人类制造一些小麻烦。人更无法考虑与虎、豹子等凶猛的动物相处，只能在动物园里隔着铁栅远远地欣赏它们的英姿。

这样，我们就格外思念大自然中的植物了。于是我来到植物们面前，它们是我的老师、医生和朋友。

这泛绿的青草可是从白居易的诗里生长出来？蒙蒙细雨里，我几步就走进了唐朝，隐约间仿佛看见了李商隐、王维们的背影，青草绿了他们的诗，绿了古中国的记忆。我看见了车前草，还是在《诗经》里那么优美地摇曳着。狗尾巴草，那么天真地守在路边，谁家的狗丢了尾巴？遍地好看的狗尾巴，令千年万载的孩子们想找到那一定很好看的狗。三叶草，三片叶子指着三个方向，哪一个方向都通向蝴蝶的翅膀。趁我伏在泉边喝水的时候，野百合悄悄地开了，洁白的手在风里打着手势，似乎谢绝与我相握，它嫌我的手太粗糙，嫌我的气息太浑浊？太阳花开了，这么灿烂的笑，我看见太阳的颜色了，我比天文学家看得清楚，我不用到天上去看，太阳的亲生女儿全都告诉我了。

茉莉、菊、栀子、玫瑰……轻轻地叫一声它们的名字，就感到灵魂里生出温柔、芬芳的气息。是的，许多植物的名字太美了，美得你不忍心大声呼叫它们。含着感情轻轻叫一声玉兰，那洁白如玉的花瓣会撒落你一身，你就感到这个春天的爱情又纯洁又慷慨。静静地守在昙花旁边，不要为天上的星月缭乱了视线，注视它吧，它漫长的一生里只有这一个灿烂的瞬间。竹子正直地生长着；芭蕉粗中有细，准确地捕捉了风的动静；仙人掌握着满把孤独，又用一手的刺拒绝轻薄的同情；一不留神，青苔就爬上了绝壁；野草莓想走遍夏天，却被一条蛮不讲理的溪水挡住了去路。我也被挡住了去路，于是就躺下来。一觉醒来，野草莓包围了我，多亏不远处松林里那五颜六色的蘑菇向我不停地递眼神，让我看见一条通向远方的幽径。否则，我怎么能走出这温柔而芬芳的围困？

有一小块自己的庄稼地多好啊！看一会儿书种一会儿庄稼，写一首诗侍弄一会儿花草。书里的思想抖落进泥土，会开出奇异的花；泥土的气息漫进诗，诗会有终年不散的充沛的春墒。看青翠挺拔的玉米怎样抱起自己心爱的娃娃，看聪明的辣椒怎样在寒冷的土里找到一把一把的火，看豆荚躺在小床上如何构思，看韭菜排列得那么整齐，像杜甫的五律……

　　与植物待在一起，人会变得诚实、善良、温柔并懂得知恩必报。世上没有虚伪的植物，没有邪恶的植物，没有懒惰的植物。植物开花不是为了炫耀自己，它是为自己开的，无意中把你的眼睛照亮了。植物终生都在工作，即使埋在土里，它也不会忘记自己的责任。你无意洒落一滴水，植物来年会回报你一朵花。没有谁告诉它生活的哲学，植物的哲学导师是深沉的土地。

少年的松林

我怀念那片松林。

我走进去，就看见了一丛丛蘑菇，露水停在上面，像谁忘记收回去的明亮的眼神。我简直不忍心采摘这些蘑菇，太美丽，太纯洁了，莫非这是松树开在地上的另一种花朵？这么好的花朵肯定有别的更高的目的，我怎么能摘取呢？我走进松林的时候，并没有得到松林的许可，是我自己闯进来的。这纯净、湿润、混合着腐殖土、野花、树木气息的空气，我已经无偿地大口大口呼吸了；这铺着松针和苔藓的柔软的地面，我已经踩踏了；这正直的树干、碧绿的针叶所呈现的伟岸和活力，我正在领略；溪水从草丛穿过，留几句叮咛又隐入林子深处；树枝间的鸟语，我听不懂一句，每一句都像是说给我的。松林啊，这么多这么多礼物，我都领取了，我都享用了，我还要采摘你开在地上的花朵吗？我凝望着那些天真纯洁的蘑菇，手，伸出又缩回，伸出又缩回。在美面前，我的手变得羞涩胆怯。在纯洁面前，我的心守住了纯洁。

我终于背着空背篓走出了松林。回头看，林子那么静，那么深，那么神秘，又那么空灵，它幽静的深处，藏着多少露水、花朵和鸟声，藏着林子外面很难找到的蓝色的梦境。我感到我的背篓并不是空的，盛着我一生中最纯洁的记忆。

多年以后，世上多少林子消失了，多少鸟儿匿迹了，但是再锋利的斧头，也无法砍伐我内心里的那片松林，它固守着我生命中的一部分水土，在最荒凉的季节，我也能听见多年前的鸟鸣，看见湿润的地面上，那美丽的蘑菇，露水停在上面，像谁忘记收回去的明亮的眼神……

房前屋后药草香

我妈养了我们这一群孩子，艰苦不易，但都活了下来，直到现在都还算健康。这不得不想起小时候，那是人生发苗时节，若有个三长两短，随时会夭折的。没夭折，靠命大，命是说不大清的。佛教说修行要靠自己潜心证悟，也要靠诸般善缘的护持，才能渐入觉悟之境。护持，说得好。我想说的是，我们小时候的成长，一部分是多亏了房前屋后的诸般善缘——那些散发着药香的草木，护持了我们。

我家老屋房前是一大片菜园，为使下雨天屋檐水畅流，专辟了一条沟渠，从菜园蜿蜒穿过，有渠、有坎、有园，门前就有了田园的格局，沟渠两边，就长满了各种草木，全是野生的，不知何时定居于此，估计与先人们同时吧，更有可能，远在三皇五帝之时，它们就在这里生长多年，谁住在这里，它们就是谁家的芳邻。草木众多，现在还记得的，有薄荷、灯芯草、野水芹、柴胡、前胡、麦冬、车前草、野菊花、指甲花、扫帚秧、薏米，等等，还有五六株椿树，七八棵榆树，三棵桃树，一棵柿子树，几棵冬青树，另外还有一株木槿花树，两株花椒树，在中医里它们也是药木。一到谁有了头痛脑热、胃里泛酸、身上起疖子，出身于中医世家、懂点医道的我妈，就几步走进我们的中药铺子——我们家的菜园里，采些对症的，薄荷啊，柴胡啊，麦冬啊，熬成药汤，喝几次，小毛病就好了。

对了，屋后也有芳邻，我家屋子有个后门，后门外是一片竹林，竹林外边是我家宅地边缘，绕村而过的溪水正好从竹林边淙淙经过，好像流水也喜欢这片竹林，就放慢流速，想多在竹影里待一会儿，还哼唱着什么，调子很低，像在试唱，或回忆歌词，但嗓子终未嘹亮起来，歌词还未记起来，已走出竹林。溪水可能觉得对不起这片竹林和这户人家，流水有情，且是深情，水走在哪里就要留下些什么的，鱼儿、泥沙、水草、倒影，或一段民谣，这些，水该给我们的都给了，但是，这段多情的流水觉得这还不够情义，就特意在溪畔、竹下，留下了几样药草，鱼腥草、菖蒲、葛根、金银花、麦冬、灯芯草，等等，有好几样，正好是房前菜园里没有的，这样房前屋后一互补，常见小毛病都有药可治、可防，我家真成了一个中药铺了。无论有病无病，每过一些时候，我妈就要熬上一锅药汤，让我们每人喝一大碗，我妈说，有病治病，无病防病，这药汤，有药性，也有营养，养人也护人，孩子们，喝吧。

春夏时节，我家周围的空气里弥漫着一阵阵药草的香味。记得那时日子很清苦，但也记得，那时夜晚睡觉几乎不做噩梦，总有某种神秘的气息潜入梦中，改变着梦的方向，梦一次次被黑暗绊倒，又爬起来，拐个弯，朝向黎明那边草木盈盈的原野奔跑。

当时，不觉得这些有什么特别，现在回想，明白了，我们其实是在草药的看护下度过了童年。那些本分厚道的草木，秉承着大地的深恩大德，环绕着我们的老屋，环绕着我们小小的岁月，用它们的苦口婆心，用它们绵长的呼吸，帮助和护持着我们。人的生命里肯定是有年轮的，我若能解剖和考察我的年轮，一定会看见细密纹路里珍藏的那些多情草木的身影，还会闻见封存完好、永世不绝的药香。

丝瓜葫芦

张家和李家是邻居，一向很和睦，甚至可以说是很亲热，只因为一次原因不明的争吵，两家伤了和气，便再不来往。虽说不争不吵，但表面的平静中潜藏着一种紧张，一种戒备，甚至隐隐约约的敌意。

连两家的动物也不来往了。张家拴了自家的猫，再不让去捉李家的老鼠；李家训斥了自家的狗，再不为张家义务放哨。

只是，谁也管不了那些老鼠，造访了张家的柜子又来品尝李家的新米。还有那些苍蝇，访问了张家又访问李家，不管是吃饭的碗盛水的桶或房前屋后的垃圾，都是它们的自由口岸。自从两家有了隔膜，都成了不自由不随和不宽容的人了，他们总是互相提防着，戒备着。他们之间不仅没有了情感，而且没有了平常心，时时都处在临战状态，时时都想知道对方的秘密又时时严防自己的秘密被对方知道。

无知的植物只知生长，只崇拜露水、阳光和地气，谁的话它们都听不懂也不想听懂，它们只听老天爷的话。

张家的丝瓜藤越过院墙，进入了李家的院落。李家的葫芦蔓翻过院墙，进入了张家的院落。

一场雨后，无知的植物们已深入到对方的纵深地带。

张家和李家，都可以制止自家的孩子、狗和猫不与对方往来，但都无法制止那些无知的植物们随意走动。盛夏季节，天大热，厄尔尼诺效应控制着整个世界的气候，也左右着张家和李家的气候。在很热的季节里，他们的关系依旧很冷很紧张。

酷热难当的时候，他们就在绿荫下乘凉。

张家就躲在葫芦蔓下面乘凉，葫芦蔓是从李家那边伸过来的。李家就坐在丝瓜藤下面乘凉，丝瓜藤是从张家那边垂下来的。

张家的锅里炖着李家的葫芦；李家的碗里盛着张家的丝瓜。

他们仍然没有来往。那些无知的植物们早已打通了他们之间的界限，并且已进入了对方的生活、对方的碗和身体。在盛夏，无知的植物们改变着他们的温度、湿度和梦境。他们的身体细胞里，都有对方提供的叶绿素、维生素和微量元素。

但是他们两家仍然不来往。

我忽然发现了植物的伟大。

在这个充满误解、纷争和仇恨的世界上，正是那些纯真的植物，维持了大地的和谐和生存的希望。

白菜的菩萨心

冬天，我从霜冻的菜地里，抱回一棵白菜。

揭开一片叶子，再揭开一片叶子，一片一片揭开许多片叶子。

打开一扇城门，再打开一扇城门，一扇一扇打开许多扇城门。

我不得不佩服植物的耐心和严谨，佩服白菜高超的建筑艺术，你看这一层一层砖石、一道一道城墙，布置得多么合理，修筑得多么精致。

严密的城防，拱卫着城市的精华部分——我正在接近城的中心。在那里，到底藏着什么贵重秘密呢？

谁都知道白菜心是好地方，我就要看见白菜的心了。

当打开最后一扇城门，果然，我有了惊异的发现。

我看见，在城中心，在那精巧宫殿里，只住着一个居民。

住着一个毛毛虫。

它小小的，胖胖的，憨憨的，它躺在温暖柔软的床上，正在睡觉，它睡得很香，贴近它，静静听，能听见它均匀的、细微的鼾声。

我竟然为自己的鲁莽闯入感到后悔和内疚了。

是我毁掉这城防，拆了这城门，闯进城中心，我是一个恶劣的闯入者、拆迁者。

睡梦里的毛毛虫被惊醒了，它翻过身，抬起头，惊慌地想出走，然而又无处可去。

它还能到哪里去呢？

它哭了，我看见了它的眼泪。

它的天堂坍塌了，梦醒了。

面对散落的菜叶，面对被我捣毁的城池，面对天堂的废墟，面对这凄凉无助的毛毛虫，我惭愧、内疚，我深深自责。

为了保护这毛毛虫，保护这小小生灵，白菜，你这慈悲的菩萨，在冰天雪地里，搜集着露水、地热、残阳和月光，精心修筑了城市，修建了一道道城墙，关闭了一扇扇城门，又在城中心建造了秘密宫殿，收留那天真无助的小生灵，让它在你温暖的呵护里，能度过严冬。

筑起那么多城墙，关严那么多城门，熬过那么多风霜，善良的白菜啊，只为了保护一个弱小毛毛虫。

面对着天堂的废墟，我，一个粗暴的闯入者，久久自责着，久久不能原谅自己。

在慈悲的白菜面前，我终于知道，我们这些闯入者、拆迁者，是多么粗暴，多么冷酷，多么不厚道，是多么不该啊……

在父亲的菜园之外，喇叭花已不再吹奏

父亲转身走远，老家门前的那片菜园，从此荒芜，第二年就被夷为平地了，那些带着父亲的目光、体温和气息的藤藤蔓蔓根根茎茎叶叶芽芽，都被陆续铲除。水泥迅速追过来，以时代的名义，为这片曾经的菜园，钉上了永恒的封条，将田园的记忆，一举封死。

在父亲们的身影里，吹奏了几千年的那些蓝的、紫的、红的、白的喇叭花，在我的老家竟然彻底失踪，音讯全无。

如今，我老家那些一茬茬到来又很快走散的孩子们，再也听不到那古老喇叭水灵灵的演奏了。

所幸在父亲离去前的那年，一天下午我回到老家，我在他最后侍弄的菜园里，在那与陶渊明的东篱有着相同结构的篱笆上，我遇见了从杨万里先生诗里飞过来的一只蜻蜓，它当时停在喇叭花的藤蔓上，它是在回忆宋朝的农事或意境？我相信这是一种暗示，一种机缘。当蜻蜓转身离去，我在那轻轻战栗的藤叶上，采下了刚刚被蜻蜓点赞过的那朵喇叭花儿的花籽，夹在我随身带着的《古代田园诗选》里。让诗保管田园的种子，让诗保管田园的歌谣，我觉得这是我的一个小小创意。在安埋了父亲之后，我就带着夹在诗里的种子，回到城里。我想着，一定要把这点农耕的美感和田园的记忆，把父亲菜园里喇叭花残剩的这缕余音，保存并延续下去。

可是，在城里我早已无地可耕，想听一声蛙鸣、一串鸡啼，也只能在梦里听到，还必须要患上"幻听"这种美好的疾病，才有可能听见疑似天籁之声；想有一排东篱，一方菜地，那也只有走进厚厚的古诗，向隐居的诗人和背影越来越模糊的农夫，打听那耕种了几千年的故园，被我们撂荒在了哪里？

我只好将那被我小心保存的种子，种在十八楼我家阳台的几个花盆里，希望在明年春天的某个午后，它能及时醒来，在这十八楼的海拔上，在经过了一阵阵轻度昏眩之后，它也许会渐渐适应这悬空、缺氧、干燥的环境，慢慢回忆起我父亲的目光、体温和气息，慢慢抽出记忆里农历的线索，缠绕在钢筋混凝土和不锈钢防盗栏上，缠绕在我女儿常常被雾霾和噪音袭击的窗口，为她擦拭出一小片语文课本里多次描述的湛蓝晴空或碧澄时光，顺便也为我吹奏一首我无比思念、久已荒疏的故乡歌谣。我每天都追着阳光的脚步，按时将花盆放到光线充足的地方，以便让仁慈的太阳看见并多多给它以关照，这对着他深情吹奏了千万年的小小号手，如今已来到离他更近的高海拔，继续对他深情吹奏。在连续的雾霾天里，阳光隐遁了，我就以我热烈的目光代替阳光，一遍遍安慰和照耀它。

好不容易，它发芽了，它出土了，它扯藤了，它卷叶子了，它开始制作喇叭了；可是，过了几天，渐渐地，几个花盆里，叶子黄了掉了，藤儿蔫了枯了，制作了一半的喇叭和刚刚开始制作的喇叭，纷纷瘪了。女儿的博客和日记里，出现了大段大段的疑惑，质疑现在的春天是真实的还是虚拟的？质问如今的太阳，除了孵化病菌，还能否培育一首温婉的诗歌和古典音乐？

我向植物学家和熟悉乡土风情的诗人请教和询问，他们从植物学和诗学的角度，分别给出了答案。他们说，这些植物们，从你父亲那充满雨水、地气和春墒的故园里，离乡背井，一下子来到无根的城市、悬空的现代和缺氧的环境，它们水土不服，它们头晕目眩，它们心境枯寂烦闷，哪有心思和气力，为你女儿擦拭窗外的天空，何况是那么难以擦拭的雾腾腾的天空？它们哪有心思和气力，找回父亲们带走的田园诗的线索？又哪有心思和气力，为你吹奏失传已久的故园歌谣？

作为农耕的后裔，我曾经何其有幸，我有一个熟谙乡风乡情乡俗的父亲，我有一个虽不识字却也在以自己朴实诚恳的耕作延续着陶渊明田园诗意的乡间父亲。作为农耕的后裔，我又是何其不幸，如今，我已没有了一寸可耕之地，没有了一眼可汲之泉，连一个想随时走走的田埂都没有了，我只能在寸草不生的纸上和没有二十四节气滋养而常年发着高烧的网上，种几苗蔬菜，种几缕炊烟，种几声鸟语，种几亩乡愁。

作为农耕的后裔，我已没有了一声蛙鸣、一滴露水，一穗稻香。作为农耕的后裔，我之最大不幸和荒凉，是我已经将仅存的那点采自父亲菜园的种子，那水灵灵吹奏了千万年的喇叭，那谷雨一样温润、小满一样丰盈的故乡歌谣，已彻底丢失得不剩一粒了……

第四辑

行走天地之间

我们在命运里走来走去，最终却回到出发的地方，并且第一次真正认识它，是这样吗，南山？

又见南山

　　我是山里人。山是我的胎盘和摇篮，也是我最初的生存课堂。山里的月是我儿时看过的最慈祥的脸（仅次于外婆），山里春天早晨的风是最柔软的手（仅次于母亲），山的身影是多么高大啊（仅次于毛主席）。我读第一本书的时候，入迷得像在做梦，每一个字都是那么神奇，它们不声不响非人非物，但它们却能说出许多意思，这真是太有意思了。忽然书页暗下来，抬起头，才看见，山一直围在我的四周，山也在看书？其实它们站在书的外面，抿着嘴像要说什么话，却不说，一直不说。山要是把一句话说出来，要么很好玩，要么很可怕，天底下的话都不用再说了。但是山不说一句话，不说就不说吧，多少年多少年都不说，就是为了让人去说各种各样的话。我隐约觉得山是很有涵养的，像我外爷，外爷是个中医，很少说话，他说，我开的药就是我要说的话。

　　后来，就逃跑般地离开了山。也许山还记得我对它的埋怨：闭塞、贫困、愚昧，挡住了我的视线，使我看不见人生的莽原和思想的大海。

　　辗转这么多年，从一本书走进另一本书，我像书签一样浏览了许多语言；从一座城搬进另一座城，我像钥匙一样认识了许多锁子；从一栋楼爬上另一栋楼，我像门牌一样背诵了许多号码。然而，走出书，走出城，走下楼，我发现我什么也没有，尽管有时感到自己似乎拥有很多，学问呀，知识呀，信息呀，成就呀，名声呀，职称呀，职务呀，电脑呀，银行账户呀，股票呀，老婆呀，儿子呀，房子呀，车子呀，哥儿们呀，见闻呀，已经到来的金色中年呀，可以预见的安详晚年呀，无疾而终的圆满落日呀……

可是，闭起眼睛一想，又真正觉得空荡荡的，夜深人静的时候，望着苍白的天花板，感到一种迫人的虚。

城市只是一个投寄信件的邮箱，而我只是一个寄信人或收信人。寄完信或读完信，我就走了，而邮箱还挂在那里。说到底，人也是一封信，城市在我们身上盖满各种各样的邮戳，却找不到投寄的地方。

是什么使我变成了一封死信？身上邮戳重叠着邮戳，地址重叠着地址，日期重叠着日期，但是这封信却无处投递，就这样在模糊的邮路飘来荡去，直至失踪？

这时候我已经回到当年的小城。这时候我忽然看见我早年逃离的山——南山。

它依然凝重，依然苍蓝，依然无言，不错，还是我祖先般的南山。

但是，我心里很深的地方却被它触动了，被它闪电般照亮了。

我何以感到认真走过的岁月却是空荡荡的虚？我何以成为一封无处投递的死信？

是因为我遗忘了你吗，南山？

这么多年，我真的像遗忘一堆石头一样遗忘了你吗，南山？

而你依旧站在你地老天荒的沉默里，站在你崇高的孤独里。

这时候我看南山，它像是苍老而永远健在的祖先，像哲人凝眉沉思，像先知欲言又止，像在做一个永远要做下去的手势，看不清是挥别还是召唤。

此中有真意，欲辨已忘言。

我好像明白了，我当初那么认真地出走，只是为了更深刻地返回，是这样吗，南山？

我们在命运里走来走去，最终却回到出发的地方，并且第一次真正认识它，是这样吗，南山？

120

一封盖满邮戳的信终于找到了投递的地址，它正在到达，它将被阅读，它同时也阅读它的阅读者，阅读一个伟大的旧址——南山。

　　去而复返，又见南山，我第一次真正看见南山。

月光下的探访

今夜风轻露白，月明星稀，宇宙清澈。月光下的南山，显得格外端庄妩媚。斜坡上若有白瀑流泻，那是月晖在茂密青草上汇聚摇曳，安静，又似乎有声有色，斜斜着涌动不已，其实却一动未动，这层出不穷的天上的雪啊。

我爬上斜坡，来到南山顶，是一片平地，青草、野花、荆棘、石头，都被月色整理成一派柔和。蝈蝈弹着我熟悉的那种单弦吉他，弹了几万年了吧，这时候曲调好像特别孤单忧伤，一定是怀念着它新婚远别的情郎。我还听见不知名的虫子的唧唧夜话，说的是生存的焦虑、饥饿的体验、死亡的恐惧，还是月光下的快乐旅行？在人之外，还有多少生命在爱着，挣扎着，劳作着，歌唱着，在用它们自己的方式撰写着种族的史记。我真想向它们问候，看看它们的衣食住行，既然有了这相遇的缘分，我应该对它们提供一点力所能及的帮助，它们那么小，那么脆弱，在这庞大不测的宇宙里生存，是怎样的冒险，是多么不容易啊。然而，常识提醒我，我的探访很可能令它们恐慌，不小心还会伤害了它们。我对它们最大的仁慈和帮助，是不要打扰它们，慈祥的土地和温良的月光会关照这些与世无争的孩子们的。这么一想，我心里的牵挂和怜悯就释然了。

我继续前行，我看见几只蝴蝶仍在月光里夜航，这小小的宇宙飞船，也在无限里做着短促的飞行，在力所能及的范围内探索存在的底细、花的底细，此刻它们是在研究月光与露水相遇，能否勾兑出宇宙中最可口的绿色饮料？

我来到山顶西侧的边缘，一片树林寂静地守着月色，偶尔传来一声鸟的啼叫，好像只叫了半声，也许忽然想起了作息纪律，怕影响大家的睡眠，就把另外半声叹息咽了回去——我惊叹这小小生灵的伟大自律精神，我想鸟的灵魂里一定深藏着我们不能知晓的智慧，想想吧，它们在天空上见过多大的世面啊，它们俯瞰过、超越过那么多的事物，它们肯定从大自然的灵魂里获得了某种神秘的灵性。我走进林子，我看见一棵橡树上挂着一个鸟巢，我踮起脚尖发现这是一个空巢，几根树枝一些树叶就是全部建筑材料，它该是这个世界最简单的居所了，然而就是它庇护了注定要飞上天空的羽毛，那云端里倾洒的歌声，正是在这里反复排练。而此时它空着，空着的鸟巢盛满宁静的月光，这使它看上去更像是一个微型天堂。如果人真有来生，我希望我在来生里是一只阳雀鸟或知更鸟，几粒草籽几滴露水就是一顿上好午餐，然后我用大量时间飞翔和歌唱，我的内脏与灵魂都朴素干净，飞上天空，不弄脏一片云彩；掠过大地，不伤害一片草叶。飞累了，天黑了，我就回到我树上的窝——我简单的卧室兼书房——因为在夜深的时候，我也要读书，读这神秘的寂静和仁慈的月光……

这么好的白云

这么好这么好的白云，这么多这么多的白云。只有神的思绪里才能飘出这么纯洁的白云。随便摘一片都能写李商隐的无题诗，都能写李清照忧伤的情思。我觉得古今诗人中最纯粹的当数李商隐和李清照两位，他们的情感最少受生活和文化的污染，单纯到透明，真挚到只剩下真挚本身，忧伤是生命和情感找不到目的的纯粹忧伤，而不是忧于时伤于物的世俗化情绪。李白的浪漫里仍掺杂着对功名的牵挂；杜甫的国家意识大于生命意识；李贺荒寂敏感，有点病态，鬼魂的过多出没破坏了诗的美感；王维的禅境一半得自悟性一半得自技巧，太高的艺术悟性取代了他对生命的真诚投入，我不大能看出此人内心里有过刻骨铭心的爱情；柳永在风尘柳烟里走得太远，他是一个真诚地玩情感游戏的人，但他不是情感生活中的圣人……李商隐和李清照是活在心灵世界中的人，我不知道他们的信仰，但我感到他们是以爱为信仰的人，在他们心里，爱才是这个世界不死的灵魂，是生命的意义："寻寻觅觅"，总是寻觅着情的踪迹爱的记忆，她希望雁飞过虚无的天空，都能带回爱的消息；"春蚕到死丝方尽，蜡炬成灰泪始干"，这才是人类美好灵魂的不朽铭文。对纯粹心灵生活的沉浸，使他们体验了透明的幸福，也感受到彻骨的绝望，从这样深邃的心海里提炼出的诗情，怎能不句句是盐，字字是珍珠，每一句都能把我们带入情感的古海，带入语言尽头那无边的心域。

这两位诗人的诗最适合写在这么白的云上。就把他们的诗写在白云上吧。我忽发奇想，我们何不制造出一种不容易散失的白云，方形的、条形的、心形的、花朵状的，把古今最真挚美好的诗句抄在上面，给每个地方每个国家分上若干朵，让人们仰起头，就能看到白云，看到诗。用诗和白云布置人类的天空，该是多么好啊，这比用烟尘、用枪炮、用导弹、用间谍卫星封锁和伤害天空，是强了多少万倍啊！我们得赶快改变自己的恶习了。这么好的白云，这么多的白云，我们都白白浪费了，让更多的白云进入我们的生活，擦拭我们灰暗的天空和灰暗的心灵吧。

在虹的里面

下了一阵毛毛雨，那些云就不知去向，太阳又在西边眉开眼笑了。天蓝得已不像是天，只因为更像天了，女娲补好不久的天，一定就是这么蓝吧。山色已失去了层次，一律的葱翠，浓浓的，像在涌动，像在商量着要把这么好的山色一直坚持下去，把五月坚持到十月，最好坚持到来年的五月。东边的山与西边的山交换着眼神，南面的山与北面的山交换着眼神，树与树交换着眼神，草与草交换着眼神，我站在这密集的眼神中间，我的身体和灵魂里落满了这绿的眼神，这芬芳透明的眼神。我整个儿也变绿了，变得芬芳透明了。

我索性就仰躺在山梁上，躺在草上，躺在露水珠珠上，闭着眼睛，我感受着被山色融化的幸福。忽然觉得有了轻微、神秘的动静，觉得自己的身体在上升，灵魂在上升，周围的露珠和水汽在低声地，然而是快乐地说着我听不懂的话。一定有什么事情要发生了。是什么事情呢？我睁开眼睛，我要验证这美妙的预感。天哪，你知道我看见了什么？一架虹，已经在我的附近修造好了，在翠绿的山色和湛蓝的天色之上，升起了这么迷人的七色长虹，通向天堂的桥就这么悄悄地竣工了。大美不言啊，这无言的大美，是从天地间提取，又映照于天地，令天地感动。这也是得之不易的美啊，想一想，一年有几次虹？一生中有几次虹？风雨的日子很多，风雨之后得见彩虹的时刻极少。再想一想，这世界上人造的铁桥、石桥无以计数，而虹桥有几座呢？这是神造的桥啊。我们总是望天，望上帝的天空，望人生的天空，望什么呢？星辰的位置千古不变，宿命千古不变，但是我们仍然望天，我们是希望人生的天空出现奇迹，在必然的命运里出现偶然的奇迹，在冰冷的脸上出现动人的微笑。我们是在等待虹的出现啊，在难免暗淡的岁月里有一个妩媚的、生动的时刻。这必是一个可遇不可求的时刻，其神秘不亚于宇宙初创生命初现。风雨、斜阳、水露、云雾、天光、山色、地气，阴阳相合、晴雨交叠，天地互动，才提炼出这缤纷的时刻。人生中那些生动的时刻，被爱与信仰提炼、照亮的时刻，不正如这虹的出现一样，是生命里晴雨交叠而提炼的精华部分？

还是专注地看虹吧。虹就在我的附近，我的呼吸、我身上的水珠和周围的水珠肯定都变成虹的一部分了。我的心跳也或多或少影响着虹的造型。我的目光肯定也被虹吸收了，变成虹的一部分。甚至我的心情也感染着虹，我激动无比的时候，我发现虹也在隐隐颤动。

忽然我感到四周的草叶在轻轻摇晃，黄昏的第一批露珠提前出现，一些微响自空而降，光的碎屑落满我的身体，晶莹的水滴落在我的手指和脸上，落在我的心上。一种忧伤从骨髓里升起，离别的伤痛弥漫了我。我知道已到了告别的时刻。其实已经告别。天，空空荡荡，一个伟大的梦想显现了又消失了。一次动人的爱情降临了又结束了。一个美丽的灵感占有了我又放弃了我。虹，消失了，悄悄地，犹如它悄悄地出现。此刻，梦醒之后的天空，有点空虚，有点茫然，它无法把握自己，它虽然暂时把握过梦境，但它无法把握梦醒后的自己，它只能把它无限的有些空洞的辽阔，交给星群和夜晚。

我站起来，在虹消失的地方，我代替虹开始回忆。我整个儿是潮湿的，身体里充盈着缤纷的光色。虹离开我走了，我曾是虹的一部分，虹把我留下来。就这样我收藏了虹，在我的内心。

你也许不知道，虹的一个桥墩，就搭在我的身上，也就是说，我当时曾是虹的一部分，是天堂的一部分。你在远处看虹的时候，我在南山上，在虹的里面。在那超现实的幻美意象里，我是最写实的细节。

木格花窗的眺望

是松木做的，阳光照晒的时候，惊喜的窗木就飘出内质的清香。这是我们能够嗅到的乡村气息的一部分，也是农业气息的一部分。植物的魂灵遍布于生活的每一个细节：桐木的门、臭椿木的梁柱（臭椿被民间称为树王）、桦木的椽、棕木的房梁、榆木的门墩、盛米的椴木勺、舀水的葫芦瓢，就连脾气难免尖刻的菜刀，也有着柔和的柳木把柄……这一切合并成一种浑厚清洁的气息，这是民间的气息，也是古老中国的气息。

就这样，一部分松木就来到母亲的生活，以窗的形式，帮助着母亲，也恰到好处地把一部分天空、一部分远山引进了她的日子；到夜晚，就把一部分月光，一部分银河领进她的屋子，她的梦境。

站在窗前，首先看到的是那一片菜园，韭菜整齐排列着，令人想起千年的礼仪，民间自有一种代代传递的肃静与活泼；白菜那白净的素脸，那微胖的身段，是一种永不走样的平民美貌；葱那不谙世事的单纯的手，却能在不动声色的土里取出沁人心尖的情意；花椒树，经营着浑身的刺，守着那古老的脾气：鲜美的麻，一种地道的民间味道。

人在愁苦的时候，就倚在窗前，看一眼这菜园，内心里就有春色，有了不因世道和人心的扰乱而丢失或减少的，那种生的底色，也是心的底色，这就是天地生命的颜色。

我能想象，母亲多少次站在窗前，看那菜园，那经她的手劳作的植物们，那些绿，星星点点竟绿成这一大片，要不是泥土缚了它们的脚跟，它们也许会翻过窗，走进屋子里来的。

母亲曾说，她年轻的时候，也常失眠，就站在窗前，久久凝神看，好几次看见月光从窗格里进来，就变成四四方方的，她就想这是一封封信，是从天上寄来的，静静地放在窗台，等她收阅。我知道母亲这一生是没有收到几封信的，也许她是在想象天意里会有一个夫君，等着她，却无缘相遇，就在远天远地的夜晚辗转投寄来这一封封素笺。

窗框雕有简单的图案：喜鹊、蝴蝶、莲花、仙桃。古中国的偶像，只是这自然里美的生灵。人居住在它们之中，受它们庇护，也庇护着它们。人与天地就这样互相凝视、互相友善，自然成就了人，人也变成了自然的情义。

阳光洒进来，月光照进来，星星走进来，风有时也跑进来，雨有时也会两三点跳进来，更有时，那迷路的蝴蝶也会因了照眼的窗花飘进来，在屋里逗留片刻。窗外墙根下，时不时就冒出几丛喇叭花藤，顺着墙壁爬上窗子，在母亲难免有些寂寞的窗口，吹奏起淡紫的、蓝色的音乐；那些蛐蛐们、蝈蝈们、根本见不到面的无名无姓的虫儿们，就伴和着唱它们的歌，那从远古一直传下来的老歌；喜鹊、斑鸠、麻雀、八哥、云雀、布谷、阳雀、画眉、清明鸟，也远远近近地唱着、唱着。从这木格花窗，你抬眼可望见万里，你侧耳能听见千秋。

我站在窗前，嗅着淡淡的松木香气，和从窗外深远的天地飘来的草木风月的气息，我在想我小小的母亲，她仅是这窗里的一个小小妇人吗？

此时，鸡叫二遍，已是深夜丑时，母亲熟睡了，我静立窗口，看见月亮偏西，泊在遥远的一个山脊上，银河浩瀚，展开了它波澜壮阔的气象，我似乎听到天上涨潮的声音，哗啦啦的声音，它的波浪汹涌过来，拍打着夜深人静的民间，拍打着这小小的窗口，笼罩着我小小的母亲。

哦，小小的窗口，小小的母亲，小小的我们，与浩大的天意在一起，我们很小，但是，人世悠远，天道永恒……

采药人

终年出没于深山林莽，你身上有草木的气息，有岩石的气息。我站在你面前，怀着敬意和惭愧的心情感受你。我觉得你不同于一般的乡下人，你的朴实里又多了几分坚韧。我觉得你已不大像是我们这种被严重污染却又自以为是的社会生物，我觉得你像是一株纯真的、带着野性、滴着露水的植物，你不善言语，你的每一片叶子都是语言，无声透露了你的山水岁月。

你不善言语，大约是你总在山中听惯了溪的语言泉的语言鸟的语言，以及风和树叶的交谈，月光和涧水的交谈，你觉得那些语言很好听，万物都在与你说话，没有你插嘴的机会，也没有插嘴的必要，于是你习惯了倾听。万籁俱寂的夜晚，你就抚摸那些药，听它们说一些苦涩的话，说一些心里的苦和世上的病。

浅山已采不到药了，必须到深山更深处，才能采到人世的处方里急需的药。浅山里也多了农药、化肥，和从城市里、工厂里弥漫来的废气尘埃。你知道世上的病越来越多了。而山上的药越来越少了。世上的病越来越严重，而山上药物的药性却不如以前了。是不是药也有病了，药把自己的药性用于治自己的病，就没有多余的药力治世上的病了？

你到深山更深处采药，腰系绳索，手握药刀，在悬崖峭壁上寻找那尘世已经失踪的药草。好药都生长在云雾中，生长在人迹罕至的高峻处。在远离人境的地方生长出来的药才能治人的病，在远离人境的地方修炼出来的高人才能看清人世的真相。我们在低处害病，你在高处采药，多高处的药才能治愈我们这些低处的病人？你爬的山越来越高了，人世的病越来越重了。低处的病追着高处的药。云在你身边聚散，星在你肩上起落。当山下的某位文人望着高山上的白云雅兴大发的时候，你正在白云中，在陡崖上，抓着死神的衣襟，打听那一株药的去向。

那药也不愿下山吗？也怕多病的尘世吗？

谁让你是药呢？谁让我是采药人呢？

方圆数百里的连绵群山，你都攀缘过了，最高的山峰你也去过了。好药越来越少，人世的病越来越多。最高的山都已采过，要根治世上的重病，怕只有到天上去采仙药。你老了，爬了一生的山，你已老成一架山脉。

我站在你面前，望你，如望一座高山，山上有树木，有泉，有云雾，山顶，是一片积雪。

你这座高山上，藏着多少药啊。

看见了，我觉得你就是一服五味俱全的中药。

无名山水记

石瓮子记

石瓮子乃秦岭深处一水潭，状如瓮，壁围皆石，故名石瓮。溪流自陡壁冲注低处巨岩，千年万载，凿成此瓮。瓮中水浪如煮，水花如雪，不知其深几许。溢水自瓮沿漫出，哗哗如长啸，淙淙如低吟。水珠溅出数十米，四周山石湿润，苔藓如染，水草繁茂鲜美，野百合如擎着银质小号的乐手，在吹奏一支失传的曲子。小鸟不时飞来，临水照镜，却找不见自己的影子，于是跳几个无人欣赏的舞蹈，抖抖翅飞走了。

古银杏树记

青泥岭下有青泥河，青泥河畔有一座古庙。庙毁了，修起一所小学。唯有两株苍老银杏树，唤起人心中的怀旧感和沧桑感。据说是唐代大诗人李白亲手所植，又据说李白并未到过这里，《蜀道难》中"青泥何盘盘"句，只是诗人的想象。孰真孰假，人神不知，但当地人都相信这两株伟岸的树就是李白亲手所植，并说，只有诗人栽的树才活得这么久，也只有诗人写的文字才流传得这么久。这树就是诗人的化身，看见树就如同看见了李白；又朴素又高傲，又向往天空又挚爱大地。到了秋天，金黄的叶子随风旋舞，就像从天国降下的黄金雨，就像醉酒的诗人倾泻着他天才的灵感。一千多年了，它就这样抛撒着无尽的才情。过路人拾起银杏树叶，就说，这都是李白的诗啊！学生们用它作书签，学业优异，且都能写得情思灵动的好文章，莫非得了李白的灵气？

老人们说：这宝贝树可不能没了，这树没了，我们这儿就没了魂儿。

无名溪记

大河小河都有名字，即使干涸了，仍然守着一个水汪汪的虚名。比如，"永定河""拒马河"之类，水早已无涓滴，却仍在地图上冒充河流，可惜也只能浇灌那永不发育的地图了。

世上的溪都是无名的。就那样在谁也不注意的地方静静地流着，干净地流着，滋养着无名的花，无名的草，无名的树，无名的蜂蝶，无名的鱼，无名的石头。有云飘过，就漂洗那无名的衣衫。有鸟来栖，就伴奏那无名的歌唱。有星落下，就收留那无名的漂泊者，揽在清澈的怀里。

溪水清澄见底，如少年纯洁的心，如初恋的情感。溪中的鱼儿，也特别羞怯，看见一只蜻蜓来饮水，便急忙停下来，像一枚傻乎乎的石头，只是那小眼睛仍透出两线怯怯的微光，它看见的却是水面上蜻蜓那更小的眼睛，两双小眼睛相望，望见了宇宙的天真。

滴冰洞记

小时候随大人上山采青，时值盛夏，阳光如炽炭，足底岩石滚烫似要炸裂，嚼几口干粮，却无法下咽，口里仿佛在冒火。撂了镰刀，四处找水。忽见半山腰有一岩洞，隐隐有"嘀嗒"声。跑进去，果然，洞顶岩缝有渗水。薄薄的，宛如微汗，慢慢地聚呀聚呀，聚成圆圆的一点，才"嘀嗒"下来。我仰起头，张大嘴，对准那滴水的地方。极清冽的水，一滴滴落在口里，身上心上渐渐有了凉意。头仰着等水，心里竟生出想象：这岩石多像缺奶的母亲，她负着重，忍着外伤和内伤的疼痛，在她极端贫血的时候，仍在搜集着，分泌着体内仅有的水分。

我一直想去看看滴水洞，她在贫瘠的母竹崖上。有时候，我们可以忘记大海，但无法忘记一个滴水的岩缝，它在匮乏的时候，仍给予我们透明的、不计回报的爱。

漾河记

漾河，挺诗意的名字。水多则漾，漾而成纹，纹者，文也。文与水总是分不开的。自古水边多丽人也多文人。宇宙间最奇妙的东西莫过于水了。水激而成湍，流而成川，泻而为瀑；汇而成海，飘而为雪，幻而为雾，注而为雨，这都是水的运行。风停水静，水就为天空造像，为山的倒影云的倒影鸟的倒影造像，水中就呈现一个亦真亦幻的梦的世界。或淙淙，或潺潺，或滔滔，都是天成的诗和音乐。水边长大的人，抑或沦落荒原迁移都市，依然心中浩浩，水之纹化为心之纹，成就了人间的美文。

漾河两岸多娟秀之岭，少险伟之峰，妩媚有余而阔大不足。水之纹如村姑之刺绣，针针透着灵气，却只能隐现在窄窄的河面；水之声如二胡如箫笛，多了些伤感幽怨，少了一种大的寄托和气韵。

漾河是一曲优美小令。许多河干涸了，沙哑了，她仍然清澈地唱着，温柔地倾诉着。她小，但她很美，我们要好好护着她。

寂寞的稻草人

　　播种时节和谷豆熟了的日子，田地里就会站起一些稻草人。它们大都头上戴一顶旧草帽，身上穿着破旧衣服，有的扬起手臂，仿佛正在用力抛掷什么厉害物件；有的手举竹竿，仿佛正向可疑的目标用力挥去，却迟迟没有挥下去。那竹竿，就那样被费劲地举着，倾斜着悬在半空，让过路的好心人看了，都有点同情那一直举着而不能放下去的手臂，它太辛苦、太疲惫了。人这么一想，就为自己悠闲的手感到不好意思了。

　　我家地里的稻草人，与别人家地里的稻草人一样，总是穿着父亲穿过的破旧衣服，戴着一顶破草帽，不论白天黑夜风吹日晒，都寂寞地站在田头，守护着我们的庄稼和日子。

　　我们的父亲勤劳、清贫，但他很善良，有着柔软的心肠。他不忍心让忙里忙外、缝衣纳鞋的妻子，再穿着旧衣服、戴顶破草帽，以稻草人的形象站在田野里受日晒雨淋，受鸟儿嬉笑。他更不忍心让自己的孩子以稻草人的样子去开始生活，他不让孩子在烈日下暴晒童年。

　　所以，那时，在我的家乡，田野里站着的稻草人，几乎都是男人的形象，都是父亲的形象。我们的父亲，他坚决地做了稻草人的原型。我们的父亲，他有着比稻草还柔软、温和的心肠。

　　被父亲们守护的田野，笼罩着丰富的氛围和意境。他们破旧的衣服和草帽，让人感到一种辛苦和清贫；他们的坚持、忠厚和习以为常，却让人感到温暖和安宁。

　　有一次，走在放学回家的路上，我忽然看见田地里同时出现几个真人和稻草人，都像是我的父亲。一个父亲正在坡地上弯着腰为豆子锄草，那是真的父亲，我看见他在豆子地里起伏和移动着的身影。另外还有三个父亲，他们都戴着一顶破草帽，穿着父亲的破旧衣服，一个站在稻田东边，一个站在稻田中间，一个站在稻田西头，他们手里都举着竹竿做着赶鸟的动作。

我幼稚的心里，竟忽然涌起一种复杂的感情……

不知不觉间，我的眼睛湿了。

我不忍心我的父亲是这个样子。我的父亲，即使化身为三，即使化身无数，难道都是这劳苦寂寞的样子吗？

我流着眼泪，走到三个稻草人——三个父亲面前，向他们一一鞠躬，并轻声问候："辛苦了，爹爹。"

忘不了，田野里的稻草人，我们的父亲，我们辛劳的父亲，我们清贫的父亲，穿着一身旧衣服的父亲，戴着旧草帽的父亲，被寒风吹彻被烈日暴晒的父亲，越走越远的、我们务农的父亲，我们忠厚的父亲。

每当看见头顶飞来飞去的鸟儿，我都忍不住想问它们一声，你们，还记得那些稻草人吗？还记得我们的父亲吗？那些手总是举着，却从来没有向你们抛掷过厉害物件的、那些田野里站立着的父亲，你们还记得他们吗？

水磨坊

水、石磨、粮食，在这里相逢了，交谈得很亲热。

哗啦啦，是水的声音；轰隆隆，是石磨的声音；那洒洒如细雨飘落，是粮食的声音。

水磨坊一般都在河边或渠边。利用水的落差，带动木制的水轮，水轮又带动石磨，就磨出白花花的面粉或金黄的玉米糁。

水磨坊发出的声音十分好听。水浪拍打水轮，溅起雪白的水花，发出有节奏的哗啦哗啦的声音，水轮有时转得慢，有时转得快，这与水的流量和流速有关。转得慢的时候，我就想，是否河的上游，有几位老爷爷在打水，就把河水的流量减小了？转得快的时候，我又想，是否在河的中游或距水磨坊不远的某一河湾，一群鸭子下水了，扑打着翅膀，抬高了河水，加快了水的流速？有一次我还看见水里漂来一根红头绳，缠在水轮上，过了好一会儿才被水冲走，我当时真想拾起它，无奈水轮转得很快，又不敢关掉水闸，看着那根红头绳被汹涌的流水扑打，无助地闪动着红色的幻影，心里泛过一阵阵伤感。我想那一定是河的上游或中游，一位姐姐或妹妹，对着河水简单地打扮自己，不小心把红头绳掉进了水里，她一定是久久地望着河面出神，随着红头绳流走的，是她的一段年华，说不定还有一段记忆。

比起水轮热情、时高时低的声音，石磨发出的声音是平和、稳重的，像浑厚的男中音，它那轰隆隆轰隆隆——其实这个词用得不准确，它不怎么"轰"，持续均匀的声音是"隆隆"，像是雷声，但不是附近或头顶炸响的雷声，而是山那边传来的雷声，那惊人的、剧烈的音响都被山上的植被、被距离、被温柔的云彩过滤沉淀了，留下的只是那柔和的隆隆，像父亲睡熟后均匀的鼾声。粮食也发出了它特有的、谁也无法模仿的声音，磨细的麦面或磨碎的玉米糁从石磨的边缘落下来，麦面的声音极细极轻，像是婴儿熟睡后细微的呼吸，只有母亲听得真切；玉米糁的声音略高略脆一些，好像蚕吃桑叶的声音，或是夜晚的微风里，草丛里露水轻轻滴落的声音。

守在水磨坊里的，多是老人或母亲，有时候是十岁左右的孩子，太小了，怕不安全。我在七八岁的时候，几次请求母亲让我看守水磨坊，母亲不答应，说水可不认识你，水不会格外照顾你。经不住我的纠缠，母亲只好答应我。我看守了好几次水磨坊，学大人的样子按时给磨眼里添粮食，按时清扫磨槽里的面粉。抽空蹲在水边看水轮旋转水花飞溅，听水的声音，石头的声音，粮食的声音；根据水轮旋转的快慢想象水的流量流速，想象河的中游或上游发生了什么事情；凝视一根漂流的红头绳想象遥远的河湾一个女孩子伤感的神情……

当我从水磨坊里走出来的时候，我看见水磨坊旁边的柳树林里，母亲坐在一块石头上，手里拿着正在缝补的衣裳，微笑着向我点头。哦，我的母亲不放心水，不放心石头，她一直守在水磨坊附近，守着她的孩子。

水磨坊，我最初的音乐课堂，爱的课堂，我在这里欣赏了大自然微妙的交响，我看见了水边的事物和劳动，有那么丰富的意味；我看见水边的母亲，母亲身边的水，那么生动地汇成了我内心的水域。

我渴望，当我老了，我能有一个水磨坊，在水边，看水浪推动水轮，发出纯真热情的声音；将一捧捧粮食放进磨眼，在均匀柔和的雷声里，看一生的经历和岁月，都化作雪白的或金黄的记忆，细雨一样洒下来……

我希望，水磨坊不要失传，水磨坊的故事不要失传。

一个古老村庄消失的前夜

　　鸡鸣、炊烟、荷塘、稻香、小院桃花、梁上燕窝、绕村而过的溪流、稻草垛里的迷藏……世世代代，村庄给了人们刻骨铭心的乡风、乡俗、乡恋、乡情、乡愁。

　　如今，多少个古老村庄，转眼间就消失了。谁知道她"作古"时的心情？

　　据估计，三十年来，在城市化中消失的村庄达六十多万个。

　　谨以此文纪念那些消失的村庄。

一

　　这个古老村庄就要消失了。

　　城市像驾着坦克、装甲车的冲锋军团，一路炮声隆隆，烟尘滚滚；一路占山霸水，毁田略地；一路捣毁村庄，沦陷乡土；一路铲除绿色，铺张水泥。城市，眼看着扑过来了。

　　推土机、搅拌机、碎石机、灌浆机、起重机、切割机、升降机、电焊机……用钢铁武装到牙齿的机械化作战部队开了过来。

　　村庄已被团团包围。

　　村庄一片惊慌。

　　古老的村庄没有任何防御体系，要说有什么防御，也就是家家门前菜园用竹子、柴薪、葛藤、牵牛花、丝瓜藤、葫芦蔓搭起的篱笆，这样温柔的"防御体系"，也就挡个鸡呀，鹅呀，甚至鸡鹅也是挡不住的，本来也没用心真挡，挡啥呢，不就叼几口绿叶子吗？这些篱笆，这些防御体系，说白了也就是个柔软的装饰，鸟儿们就常常在上面歇息、跳跃、梳理羽毛，叽叽喳喳说着原野见闻，说着远山近水。从古到今，村庄都有这样的篱笆，"肯与邻翁相对饮，隔篱呼取尽余杯"，唐朝的杜甫也是在这样的篱笆前招待客人，招待诗。

推土机、挖掘机、搅拌机、粉碎机、灌浆机、起重机、升降机、切割机……用钢铁武装到牙齿的机械化作战部队开了过来。

村庄的篱笆，这温柔的防御体系，这诗一样的美好设施，怎么可能阻挡那机械的扫荡呢？

二

王婶、二叔、张爷、春娃他妈……连夜到村头老井挑水，这是最后一次打水了，孩儿最后一次吃母亲的奶，就是这种难分难舍的心情吧？以后，再不会有这样温暖的怀抱，再不会有这样亲切的乳汁了。

井台上，人们心情黯然，都不说话，是的，诀别是伤感的，怎么会有兴高采烈的诀别呢？是的，这是另一种离乡背井，岂止如此，以后，是再没了乡，永失了井啊。

此时的人们都不说话。

往日的井台，是村庄最温情、最有意思的地方。挑水的人们，在井台上相遇，就要停下来，说家长里短，说庄稼天气，顺便说说家里三餐口味和天下局势；年轻后生遇到老年人，就帮助把井水提上来，后生走远了，走了几十年那么远了，仍感到背上落满老人感激的目光。

村庄里，人们的眼神，是这井水给的，清亮里漾着善良；人们的口音，是这井水给的，柔软里带着清脆；连脾气和心性也是这井水给的，格局不大，但并不局促，底蕴却是细腻深沉；水波不兴，但清澈如镜，胸襟能容纳天光地气。从村庄里进出的人，血脉里都循环着一股清水，氤氲着深深浅浅的日子。滴水之恩，以涌泉相报，是村庄做人的伦理；厚道和本分，是村庄里对人品的最高评价。其实，你若要分析住在这里和从这里走出去的人们的性情和品德，分析到最后，你会发现，他们的内心深处，都藏着一口清流不断的深井。

过些年总要淘一次井。淘井，就是给井洗澡沐身，井底、井壁、井口、井台，来一次全面彻底的清理维修。淘井，这是村庄的盛大节日，大人喜悦，孩子欢笑，连村庄的狗受了感染也跟着人们四处撒欢，瞎起哄。淤泥、瓦片捞上来了，云娃妈的发卡、喜娃婆的手镯、李三叔的旱烟锅捞上来了，井台上一阵笑声和惊呼，有人就说：这井可是个好管家啊，贵重的物件、小孩偷偷扔下去的瓦片，它都好好保管着；接着，又捞出清朝的几枚铜钱、民国的几个银元，那是先人挑水时不小心从衣兜里掉下去的，以往淘井没淘到底遗留下来的。人们就想象那弯腰提水的古人长什么样子，想象他当时怅然的心情，就感叹，这井还是个收藏家，收藏着时间的遗物。井壁上砌着唐朝的砖，宋朝的石头，明朝又加进一些片石，井沿上抹着当代的水泥，啊，这井，浑身上下都是历史，它是一个历史学家，不，它就是历史。老老少少的人们，就感到了一种久远、幽深的东西，对井水，对生活，又增加了一份敬意……

今夜，此时，人们挑水，但没人说话。井台上，月光安静均匀地铺着碎银；井里，那轮祖先留下的月亮，笑眯眯地望着天上的另一个自己，但他并不惊讶自己水里的身世，井一直把他抱在怀里养啊养啊，几千年都保持着白净的容颜和雍容的神韵，他等待着那熟悉的身影，他等待着出水的时刻，他等待着那荡漾着又复静止的感觉。

天真的月亮不知道，今夜，这是他最后一次在清水里亮相，这是他最后一次和村庄约会，明天，村庄将被机械捣毁，水井将被水泥封死，照了千年的镜子，从此永失；村庄连同她收养了千年的月亮，从此永别。

三

绕村而过的小溪，此时还哼着一首古老民谣，转弯的时候就换个曲儿，换些词儿，这样唱了多少年月，村庄的各种心情都有了对应的调儿；有时不声不响，那是它在平缓地段回忆起什么，而此时此刻，单纯的溪水并不知道，溪边的人家忆想起多少往事，并陷入好景不再好梦不长的惆怅伤感之中。

往年往月往日，溪水都一路唱着，从竹林里穿过去，从桃花树下漾过去，从大柳树旁绕过去，亮晶晶的手里，就捧几枚竹叶，带几片桃花，牵几缕柳絮，送给前面戏水的孩子，送给那位洗衣的大嫂，送给村东头爱坐在溪边歇凉的王家大伯。

溪上的小木桥，是一根横放在流水之上的柳木，水波儿唤醒了它的灵性，水花儿撩拨着它的春梦，一觉醒来，柳木发了绿芽，一根柳木竟抽出数十根柳条。村庄的孩子，一睁开眼睛打量，就认识了一种被迫躺下也不忘生长的树，这个意象隐隐约约影响了他们对"站立"和成长的理解；老去的人们，从一根木头的来生，看到了死与生的意味，对迟早要来的"那一天"有了别样的感受，并因此不再恐惧，而有了些许慰藉。柳木桥，因此成为村庄的一个有趣地名，也成为出门在外人们心里一缕总在发芽、总在返青的记忆。

二叔，张妈，小翠……许多人并不相约，各自默默来到溪边，默默地再过一回柳木桥，过去了又过来，在柳木桥上一寸寸走着，生怕几步走完；久久站在桥上，久久地，站在一段柔韧的记忆上，是啊，怎么舍得离开呢？桥下面温情的流水，流走了多少日子，收藏着他们多少倒影啊！

以后，不，就在明天，这一直围绕村庄歌唱的溪流，她的歌喉将被猛地扼断，歌声怆然而止。一首古歌顿时成为绝响，永远失传；人们生命中的一泓清水，从此断流……

四

大哥悄悄走进屋后的竹林，一个人站了许久，月光从竹叶缝隙洒下来，在他的身上写着一个个"竹"字，在竹子面前写竹字，每个字都形全而神真。平时，中学毕业的大哥是喜欢在劳作之余写几笔毛笔字的，这给辛苦的生活带来了几许乐趣，写字时桌子就放在后门外的竹林边。此时，月光全神贯注临摹满眼的"竹"字，微风拂叶，竹林里外一片竹影、竹声、竹韵。大哥小时候喜欢吹笛子，最初的几支笛子就是用竹林里的竹子自己仿做的，自产自用，自吹自赏，在笛声里度过了短笛无腔信口吹的童年。他的情感世界和美感世界，笼罩着竹影、竹韵，竹林构成了他内心里最葱茏的部分，明天，就再没有这片竹林了，今夜，他要和竹子们在一起待一会儿，最后一次陪陪竹林，最后一次感受这竹影、竹声、竹韵，最后一次感受竹的意境……

五

小菊记得很清楚，门前三棵桃树，大些的那棵是结婚前就有的，与他谈恋爱的那些日子，就经常到树下站一会儿，说些热乎乎的话。那个春天，桃花开得正浓，风一吹，满地堆红，就如读中学时语文课本里李贺诗写的那样，"桃花乱落如红雨"，他竟感叹起时光匆忙、青春苦短，学生腔里竟盛满了激情和伤感……当他们一脸羞红抬起头来，树上的桃花已被一阵大风全部吹落了，桃树的上空，天蓝得还像公元前那么蓝，而人世的春天正在疾步走远。他们竟一时无语，恍然有了天上一瞬人间千年的幻觉。

那三棵小些的桃树，是嫁过来后他们两个亲手栽的，作为结婚的纪念。后来有孩子了，树看着孩子长大，孩子看着树长高，孩子上学了，一次次与桃树比个子，还把自己的名字和爸妈的名字用裁纸刀刻在三棵树上，刻上去的都是每个人的小名，大的那棵是爸爸树，中等的那棵是妈妈树，小的那棵是娃娃树，是他的树。一家人的小名儿都在树上，有时，他还把一些神秘的符号画在上面，那符号的含义只有他自己懂得，有的庄重，有的迷乱，那不像是随手画上去玩的，可能有着青春时光的特殊内涵和象征。树带着一家人的名字，带着青春的手迹和秘密往高处长。三棵桃树，成了她家门前的风景，也有着心灵的寄托。

她靠在树上，每一棵树她都靠一会儿：她是最后一次和心爱的桃树交换体温和心事……

六

白天已把耕牛卖了，当谈好价钱，牛贩子接过缰绳，牛知道这双陌生的手要把它牵出院坝之外，牵出土地之外，牵出农业之外，牵出青草之外，牛哭了，浑浊的泪眼望着主人，望着老院子。有什么法子呢，牛啊，我也要被城市的铁手牵走啊，再见啦，老王伯看着远去的牛，悄悄哭了。

鸡栏还在，空空的，十几只鸡，公鸡，母鸡，小鸡，黄昏时都处理了，因为，我无法带着田野的露水和村庄的炊烟进城，我无法牵着一头猪进城，我无法在城市为一声牛哞、为一片蛙歌、为一串鸡鸣申请一个户口，我只能把你们"处理"了。分别前，几只母鸡呱呱呱地陆续从麦草窝里跑出来，下了几个蛋，它们不知道这是最后的纪念，是送给我们的最后礼物。几只公鸡准时鸣叫报时，还扇着翅膀伸长脖子想用力叼起下沉的落日。它们不知道，这次报告的，不只是日落的时刻，更是永别的时刻，呀，最后一声田园的鸡叫，最后一次村庄的日落。

夜深了，谁还在村庄老屋前久久徘徊……

对一次雪崩的想象

一

我已失踪。我在发烧的季节之外。我在人世之外。

与时代激烈摩擦之后,我从烫金的日历里转身,从燥热的洼地出走。

我的不合时宜的反方向运动,招来幸福的金丝鸟们的一致斜视,它们从豪华的笼子里抛出一阵阵哄笑;那些成功的豪杰们,一边在别墅里优雅地剔牙,一边望着那个失败的背影,幽默地提炼着黄金世界的普世格言。

是的,他们有足够的资格嘲笑我,但是,我也可以嘲笑他们的嘲笑。虽然,谁都不可能笑在最后,唯一能笑在最后的,是那不苟言笑的时间。

我一直怀疑,那么多人仰望、环绕并争相攀爬的那座"神山",很可能是欲望和垃圾堆积的假山。

在垃圾堆积的假山上能看见心灵的白雪和日出吗?

欲望的梯子,也许是向下的,梯子的尽头,是荒凉的废墟。

我分明看见,人们正在通过所谓黄金的凯旋门,抵达精神的废墟。

为此,我转身,朝相反的方向出走,朝另一片天空进行灵魂的深呼吸。

在一片漠然和轻薄的冷笑里,我头也不回地走了。

二

背对时代，面朝时间，我一步步离开那个不是自己的自己；朝上，一步步接近，那个在远方等待和呼唤的自己。

背对时代，面朝时间，我一步步离开那个用黄金与污秽堆积的荒原，我一点点剥离自己、洗刷自己、告别自己，我一点点打听自己、找寻自己、回收自己。

终于，在远处，我看见了久已不见的照彻暗夜的白光，看见了仍在向宇宙深处跋涉的精神巨人。

接着，我看见白天鹅的羽毛纷纷扬扬，如同灵魂正在大面积降临，心灵的节日，心灵的白雪，正在大面积降临。

凛冽的风迎面吹来，梦中的天国景象渐渐呈现。

天宇敞开，圣歌响起，烛光燃亮。

终于，我看见了世界的初雪。

我看见了神圣的雪山。

于是，我开始攀登。

对神圣雪山的攀登，就是攀登另一个更清澈、更崇高的自己。

三

攀登途中，我一次次问自己：如果不幸遭遇了雪崩，你是否后悔莫及？你是否接受这白色的葬礼？被纯洁、凛冽的白雪窒息并深深掩埋，在高处死去，并且死得如此干净，比起在享乐的池塘里醉生梦死、腐烂发臭，你是否觉得死在这里是一种至上幸福？（那一刻，苍鹰开始在山巅盘旋，风在呜咽，无边的蔚蓝，将那折叠的灵魂展开，展开，展开成无边的蔚蓝。)

你想好了吗，你做好准备了吗？

四

如果你走在我的前面，恰好遭遇了雪的暴动，凶猛、冰冷的拳头，密集地砸向你，我却无法挺身而上，去制止暴虐的死神。

隔着不远的距离，我目瞪口呆，像在观看灾难大片，被那逼真的艺术效果震惊。

隔着不远的距离，我只能惊恐地看着你恐怖地消失。

在命运的终极暴力面前，我们的智力于瞬间全部瓦解，我们的感情于瞬间全都凝固，凝固成绝望的悲情。

五

几只山羊，结伴在高处觅食。人类已洗劫了山下的最后一片绿叶，它们只好向天空逃亡，在高海拔的命运里，寻找稀薄的口粮。

它们不知道，它们一寸寸接近的，却是死神的冷笑。

它们很快消失了。

几粒缓缓移动的雪花，几颗温热的小小心脏，消失于庞大漠然的雪的坟茔。

远远地，我们目睹了白色对白色的吞噬，我们低头哀悼，同时对这洁白的葬仪，生出几分尊敬——

比起被豢养在人类的笼子里，被奴役，被宰杀，作为食物被吃掉，最终从文明的下水道排出，它们如此干净体面地死去，安息于白色的宫殿，这很可能出自上苍对弱者的怜悯和补偿。

六

以上种种情景都没有发生。

恰恰是我独自从这里攀缘，与时代的囚笼背道而驰，向远古和源头进发，在人迹罕至的高寒地带，孤独地寻找那静静燃烧的古老烛光。

终于，我看见了矗入苍穹的雪峰，我看见了从宇宙深处走来的精神的巨人，我看见了灵魂的真正形象——

他从无限和永恒里找到了充沛的乳汁，一点点喂养自己，一点点升华自己，一点点建筑自己，直到把大量的寒冷，大量的蔚蓝，大量的洁白，大量的疼痛，大量的绝望，以及从绝望里提炼的类似希望的东西，以及鹰的骸骨、流星的泪雨、一部分来历不明的陨石所造成的深度创伤，都收藏在自己身上。

群星合唱的天宇下，静静站立着一个浑身是伤却通体洁白的赤子，静静站立着一个聆听的赤子。

当时间发烫，命运迅速转暗，陆地沉沦，他将为这溃败的世界，保存最后一点古典的寒意，和与生俱来的纯真；他固守的高度，使不断下陷的地质学，保留了关于陆地仍在上升的确凿记载。

一再被虚无和荒诞打断思考的哲学家，从概念的废墟里抬起头来，终于从远方白雪的反光中，看见了宇宙的隐喻和启示，死去的哲学终于渐渐苏醒，重新开始了对思想的思想，开始了对"意义"的思辨和认领。

沮丧的神学家，从那固执的身影，从那巍峨于神学之外的圣山上，看到了神的光辉和暗示，找到了摇摇欲坠的教堂将要倒塌却一直没有倒塌的原因，从而加固了一度动摇的心灵，加固了对信仰的确信。

不断惨遭虚无和颓废打击的诗人，从他不朽的意象，从他高洁的襟怀中，获得了心灵的深刻安慰。他的存在足以证明：诗不是一种自恋、矫情和修辞，诗是黑暗中的篝火，是在物质的荒原上寻找神走失的踪迹，是速朽的生命里，那被永恒召唤和提炼的战栗的瞬间。

缓缓地，艰难地，我正一点点靠近，那被星光与雪光笼罩着的，透明宁静的峰顶。

突然，天空坍塌，庙宇坍塌，命运坍塌。

一阵轰然巨响里，我，骤然消失。

七

远远地，山下的你们久久垂泪注目，一次次为我叹息。

但请不要哀怜我。

被人哀怜，既不是我活着的初衷，也不该是我死后的结果。

一个崇拜白雪的人，被白雪挽留和收藏，他去了最干净的去处。

在雪峰之外、雪线以下，我实在想不起，还有哪里没有被践踏和污染；我实在想不起，还有哪里比这里干净。

也请不要挖掘我的遗体，就让我留在海拔高处，成为雪山的一部分。

当世界向欲望的深海、向黑暗的地狱持续下沉，请回过头来，向这里眺望，它是否看到：那充满寓意的神圣峰顶，那指向天空永不收回的手势，那足以为一切时代送终，足以阅尽所有身影，而总是坚持着高举烛火的坚贞姿态？

静下来，听听，永恒在低语什么。

八

若干世纪后，当冰雪消融，考古学家在接近峰顶的地方发现了一

150

具一万年前的古尸。

那个遥远时代的一切：王朝、国家、权力、桂冠、财富、功名、庙堂，那曾经显赫的一切、不可一世的一切，芸芸众生趋之若鹜的一切，早已灰飞烟灭，连一星磷火都没有留下。只在断简残碑里，在锈蚀的光碟里，在坏死的电脑里，留下令人费解的只言片语和蛛丝马迹。

因此，围着我的完整骸骨，他们如获至宝，我成了他们了解古代社会仅存的化石和证据。

他们考证出我的身高、骨骼，营养、血型、种族、脑容量、基因等生理特征，猜想我的死因很可能是为了争夺那个年度的登山冠军尤其是那笔巨额奖金，在即将接近顶峰的时候，突然遭遇雪崩不幸遇难。

他们推论的理由如下——

因为那是一个追名逐利、疯狂拜金、贪得无厌、浅薄嚣张的物质主义时代，此人也未能幸免那个年代共有的人性缺陷，为了名利金钱竟然不惜以命相搏。

不过，那场雪崩深埋了他，保留了那个时代仅有的人体标本和人格化石，这是我们要感谢他的。

——他们这样评价我这个渺小标本的巨大考古价值，算是给了我一点体面。

九

我想站起来反驳：是的，你们说的大致不错，但在一万年前那个古老的躁动的蒙昧时代，在渺小的名利之外，在物质的囚笼之外，难道就没有别的东西存在吗？

我希望你们不要仅仅用物质主义眼光打量我，是的，极度的物质主义，这恰恰是被你们——我亲爱的后人，所诟病的我所生活的那个古老蒙昧时代的致命病灶。我请求你们，透过冰冷的骨骸，也考证一下我的灵魂。

是的，是灵魂。我渺小的躯壳里，曾经居住着并不渺小的灵魂。

我生前不只为你们现在正打量着的这一堆注定要寂灭的骨架和碳水化合物而活着，而蝇营狗苟，而争名夺利，而喧哗嚣张。我也为灵魂而活着。那环绕于我的身心内外的无限广袤的宇宙，曾持久地迷醉和召唤我的灵魂；无垠的空间，永恒的时间，深邃的星空，沸腾的人世，曾经潮水一样奔流于我的内心，并灌溉了我的内心。

我的灵魂是那么渴望与永恒同在，那么渴望成为永恒的替身，成为永恒的回声。

我曾向那不幸惨遭命运打击的弱小事物和可怜生灵一次次流下同情的泪水，我曾向那呈现出精神之美和诗意之美的众多事物一次次献上发自内心的挚爱和赞美；即使匆忙走在路上，我也会随时停下来，向安静地开在路边的那朵小野花，献上问候并鞠躬致意……

仅仅从那冰冷的骨骸里，你们能考证出这些吗？

我把骨骸丢在了这里，埋在了雪山的高处，据此你们得出的结论，却将我的灵魂降在了最低处。

我来到这么高的地方，竟不是为了灵魂的远行和飞翔，而是恰恰相反？

我请求你们，透过冰冷的骨骸，也考证一下我的灵魂。

但是，我站不起来，我无法开口说话。

我只能作为远古那个蒙昧的物质主义时代的愚蠢而可怜的标本，被展览，被围观，被解说，被猜测，接受好奇、误解、叹息和有限的同情。

我悲哀，在我被白雪掩埋一万年之后，这下我才真正死了。

十

但我仍然等待，总有一天，我们更优秀的后人，会用既犀利又宽容的智者的眼光，穿过物质主义迷雾，透过冰冷的骨骸，认识并体谅我所置身的那个时代，指出它的残缺和蒙昧，同时发掘那个冷漠的物质荒滩上沉埋的心灵宝石，这样，他们也许会考证出我那温暖清澈也难免有些孤独的灵魂。

他们会惊奇地发现，这是一颗一生都在膜拜白雪、向往崇高、一生都在挣脱奴役和锁链，一生都在应答上苍的呼唤，一生都在靠近永恒的灵魂。

这是一颗一生都在为永恒服役的灵魂。

那时，我将复活，我将开口说话。

我将对他们说出一切……

远去的田园

　　稻禾、豆架、流水、蓑衣、草帽、犁铧、锄头、耕牛、鸡鸣、犬吠、猪叫、农夫、牧童、村姑……这是田园，每一件事物都是一首诗，田园，乃是生长植物、粮食，也生长诗意的地方。

　　田园是一种耕作方式、栖居方式，也是生命向大自然皈依、表示眷恋的一种宗教仪式，是朴素的、无神论的宗教，田园以及远山近水，以及永恒轮回着的四时八节，田园上方的无边星空——这一切都是神秘的、带着爱意不停降临的，像伟大不朽的神，但又是可感可触的具体事物，栖居在田园的人们怀着对这一切的感恩，并不追寻事物之外的神灵，他们在田园中安顿了生存也安顿了灵魂：田园是他们朴素的教堂，是他们的家。

　　所以他们不需要彼岸，偶尔想象一下彼岸，也不过是一处更丰足的田园。

　　田园是诗意的。炊烟缭绕着的黎明和黄昏，与半透明的水汽和薄雾无声地交织成一种朦胧的意境，鸟叫着，狗也插嘴，时常夹杂开门的声音、水桶碰触井沿的声音，以及妇人们呼喊孩儿的声音，田园的诗是朴素的也是世俗的。而当夜晚，月光静静地堆积在屋顶和草垛；不眠的星星在水井里望着自己的影子出神；树梢上的鸟枕着月色熟睡过去；莲荷与稻禾对望着，交流着站在水里的感觉；一湾河水怀抱着北斗，任它舀取自己的情感……这时候，田园的诗是空灵的，超然的。

　　陶渊明、王维、孟浩然们从阡陌上走过去，蛙声、露水、植物的香气就漫进他们的诗，他们的诗都不冗长，像一行行庄稼；到头了，就另起一行，他们的诗都方方正正，像一畦畦水田，像一块块荷塘，语言的清水里，倒映着天人合一的意象。

田园也有穷困和悲苦，想象披着蓑衣一代代走过田园的人们，想象阴雨天里发霉的粮食和潮湿的心情，想象在阡陌上纵着走横着走总也走不出头顶的炊烟，最后终于在屋檐下老去的，那些早年的女儿们母亲们，这时候我想，田园，是好的，但也有遗憾。

而失去了田园才是更大的遗憾。此刻，我就在城市的钢筋混凝土铸成的单元里，在噪音的轰击中，在尘埃的包围里，忆念我们已经失去和正在失去的田园⋯⋯

第五辑

点亮灵魂的灯

感恩和创造，就成为人生最动人、最壮丽的两个主题。

时间崇拜

　　写作源于爱，爱人生，爱大自然，爱真善美，爱语言，自然也包括对写作这件事情的爱。这些说法都对，也已经成为常识了。但我总觉得这说法还没有说到点子上，还没有点中最主要的穴位。说法太普泛，太原则化，就等于没说。如同谁说"吃饱了不饿"，这话很对，可惜是一句废话。说得太正确的话，大都是废话。

　　写作源于爱，又有哪一件事不是源于"爱"呢？比如：商人爱钱，官人爱权，名人爱名，英雄爱他的宝剑，美人爱她脸上的那颗美人痣，屠夫爱他的屠刀，小孩爱他的玩具……

　　我觉得写作最核心的动力，也就是写作者最主要的情结，是对时间的崇拜。

　　崇拜时间，奉时间为自己最伟大的偶像和帝王，这是古今中外真正写作者的动力资源。

　　杜甫诗云："尔曹身与名俱灭，不废江河万古流。"杜甫一生经历了巨大的历史动荡和人间苦难，阅尽了"朱门酒肉臭，路有冻死骨"的不公正社会的黑暗和罪恶，他本人也与最底层的人民一道颠沛流离，饱饮了那个时代最苦的苦酒，在这"感时花溅泪，恨别鸟惊心"的苍茫时分，他内心里始终坚持着一个强大的信仰：唯有诗能战胜苦难和死亡，诗会把他的身影和身影里的大地江河交给时间去珍藏，他的诗将随时间一道流传下去。一切都可以被摧毁，帝王霸业，不可一世的权贵，得意忘形的金钱，都会被时间一扫而空，唯有时间不可摧毁，被时间收藏的诗不可摧毁。因此他说："尔曹身与名俱灭，不废江河万古流。"他的诗正如那滚滚江河，浩荡天地，万古奔流。对时间的信仰保证了杜甫对诗的持续终生的"敬业精神"，他把每一滴心血都交给了诗，他的诗是诗情、诗才、诗艺的最完美的结晶。即使在逃难途中，他也未曾一日中断诗的写作。狼烟、烽火、落日、残月，都一一化作苍凉的诗行。当他有了一段短暂的闲适生活，他惊喜地从自然风物和日常起居中感受到丰富细腻的温情和逸兴："留连戏蝶时时舞，自在娇莺恰恰啼""细雨鱼儿出，微风燕子斜""花径不曾缘客扫，蓬门今始为君开"……他把每一次心跳都化作了诗的韵脚，凡他经历和感受到的一切，都变成诗，变成时间的见证和记忆。杜甫的一生是"高效率"的一生，任何遭遇，对他都是一种有效投入，他的诗心把它们转化成感天动地的诗，时代给他多少苦难和孤寂，时间就将在他这里收获多少诗的珍珠。"语不惊人死不休"，这是诗人对诗、对时间的宣誓。他的诗感动了当时，也感动了千古。对时间的崇拜，使诗人充分经历了他所身处的时代，又超越了那个时代。苦难的时代留下了破碎的江山和饥饿的人民，诗人杜甫却为后世留下了完整的诗卷和丰富的记忆。

杜甫如此，又有哪一个伟大文学家、诗人不是如此呢？屈原遭放逐，但他相信时间不会遗弃他香草般的美德，楚王可以修改法令，岂能修改时间的律法？最终是时间战胜了权力，被放逐的屈原在时间中得到永生。但丁被驱逐出佛罗伦萨，在流浪途中，他紧握苦难授予他的如椽大笔，建筑了包罗万象、贯通人神的地狱、炼狱、天堂。时至今日，我们仍能感受到那饱经沧桑的灵魂，一步步达到真理与至爱境界所体验到的内心的宁静和幸福。

"虽九死而未悔"，"衣带渐宽终不悔，为伊消得人憔悴"……这些伟大的写作者何以如此痴心？

他们崇拜时间。

不错，我们都栖居在空间中。空间是我们上演喜怒哀乐、生老病死戏剧的场所。大部分人都只有对空间（戏台）的体验，却少有或没有对时间的体验。戏剧演完了，演员也就谢幕了、消失了，又有同样或不同样的戏剧由别的角色上演，如此周而复始，轮回不已。空间只临时保管我们的肉体，时间却保存我们的灵魂，时间使我们拥有无限延展的精神生命，一个精神富有的人不只占有活着的这一小段时间，他通过阅读和信仰，通过智性沉思和审美沉浸，通过心灵漫游和精神创造，他通过这种种内在的灵性生活，将无穷的时间纳入他的生命时空和内在体验之中，他和已经死去的先人们一同经历了无数次死亡，他和尚未出生的后来的人们一同经历了无数次诞生，他的内心是一片古今共存、生死共舞的无涯际的梦幻汪洋。他生命体验的密度、广度、深度和强度因此而无限地增加了。杰出的写作者，就是为流逝的岁月保存记忆、为后来的人们留下遗嘱的人，就是为速朽生命和漂泊灵魂打造不朽方舟的人，我们生命中有价值的时刻，那些有光泽的灵魂，一旦放进了这样的文字之舟，就会随着时间一道驶向永恒。

崇拜时间，使这些纯粹的写作者拥有了卓然独立的生命品格和将其贯彻终生的内心历程。物欲横流，不会修改他精神的河床；蝇飞狗跳，不会移动他内心的古琴；塌方的山体只会使他体验到岩石的疼痛，却不会降低他生命的海拔；汹涌的泥石流，使他在平庸的教科书和浅薄的时政报道之外，读到另一种触目惊心的社会地质学和精神气象学；股市飞涨，物价飞涨，流言飞涨，仰起头来，他看见横贯千秋的银河仍不慌不忙地从容流淌；病毒流行的季节，他保持了与假药的距离，与庸医的距离，从月亮的脸上，他读到了怜悯的感情，月亮啊，你才是一枚永不失效的清凉膏药，世世代代贴在高烧的穴位上，治疗着大地的狂躁症。一枚恐龙蛋，使他看到时间的无情和多情，在毁灭的同时，它毕竟留下了这椭圆形的欲望，而我们生命中，有多少蛋将被打碎，将会成灰，又有多少蛋将被时间捧在手中，出现在另一片旷野？

崇拜时间，使他们省略了别的东西的诱惑，比如流行的面具、流行的帽子、流行的赌博、流行的掌声、流行的花环……他们义无反顾地为生命刻碑，为心灵立传，"为永恒服役"。

崇拜时间，使他们把写作看得神圣，他们把写作的尺度定位在严格的高水准上，他们心无旁骛地专注于内心的体验和艺术的修炼，他们视写作为"千古事"，时间是他们的监工和终审，他们不敢敷衍时间荒芜千古，他们要对时间负责，对千古负责。古代的写作者大都有这种"千古"意识，所以他们总有杰作留传下来。

不为"时间"写作，只为"时尚"制作，这是商业社会写作者（码字者）的普遍心态，千方百计迎合时尚，讨好市场，只图卖个好价钱，手中的笔变成风中毛竹，俯仰摇摆，都是招徕。文字垃圾铺天盖地，精品杰作寥若晨星。置身这泡沫泛滥的沙滩，我倍加怀念那些崇拜时间，为永恒留言的写作者们。

他们崇拜时间，时间的海水漫过他们内心，留下盐、贝壳、珍珠和沉船的碎片，以及沧海桑田的往事。最终他们变成时间。

水边的孔子

孔子说："逝者如斯夫，不舍昼夜。"这是孔子站在奔流的水边说的话。我想象中的孔子总爱站在水边沉思，话不是太多，偶尔说一句，也是极简短的。他不愿在流水面前插嘴。他觉得流水已经说出了天地的大奥秘。如这流水一样，万物都在一一呈现又一一流逝，汇成浩瀚渺远的"过去"。人生，就是与永恒打一次照面，交换一个手势，在流水里投去尽可能完美的倒影，并为之动容和惊喜。"逝者如斯夫，不舍昼夜"，这句话是哲学也是诗，包含了孔子对苍茫宇宙的浩叹和对短暂人生的留恋，也隐隐透出一种浩大的悲剧意识。孔子没有展开对宇宙和生命的终极思辨，因为他有太多的对人间事务的关怀。面对飞逝的流水，孔子更执着岸上的人生，没有彼岸，对此岸的诗意感动就是彼岸。孔子的哲学是这般朴素亲切，这大约是他总在水边沉思的缘故。流水打湿他的语言，加深了他的思路，所以，孔子的深刻是水的深刻，谁都可以盛一勺带进自己的生活，谁也不能穷尽水的渊源，更多的时候只能倾听并接受他亲切的渗透。现在的哲学家们、学者们，大多是些孜孜不倦的书虫，几平方米的书斋成了他们的宇宙，语词的火焰烧烤着他们，我们经常能嗅到油炸的概念和爆炒的原理，有时也能领到一盘凉拌的哲学，但很少能尝到那种鲜活的思想和朴素天真的生命体验。除了世界的变迁和文化日益被商业操作造成的窘境，是否还有一个原因：哲学家们远离了水，他们不在水边沉思或咏叹，他们是坐在沙发里工作、操作或写作。我多么想看见孔夫子，那个在水边随意坐着或站着，朴素地与我们说话的孔夫子。

孔子还说："多识草木鸟兽之名。"看来，孔子不仅爱在水边行走，也爱在原野上行走，露水打湿了他的裤腿，蟋蟀在他身边朗诵《诗经》里的句子，鸟盘旋在屋顶，忽又升上天宇，他的思绪也随之飞升，而后更沉重地降落在烟火缭乱的人间。"蒹葭苍苍，白露为霜"，两千多年前那个白色的早晨，一直流传到今天。我想象，孔子一定从苍苍芦苇里走过，纵目万里霜天，他看见了秋水中的"伊人"，他看见了荒寂中的一缕情意，于是他吟咏："蒹葭苍苍，白露为霜，所谓伊人，在水一方。"

我想象中的孔子，总是走在水边，走在原野上，流水、泥土、草木的气息、禽鸟的声音时时溅满他的身体和思想。他在大地上行走，他与万物同行，万物也逼真地呈现了他的思绪。他把他的感动朴素地说出来，至今仍令我们感动，这是孔子的魅力，这也是大地的魅力。

李　白
——梦游的孩子

一、人类精神史上的奇迹、奇才、奇人

李白是伟大的诗人，是天才，也是酒徒。打开李白的诗，就会感到一种铺天盖地的侠气和酒气，扑面而来。好像整个唐朝就是一间巨大的酿酒作坊，长江黄河都是酒的波浪，风雨雷霆都是大唐气冲霄汉的酒令，地上的三山五岳，天上的日月星辰，都是高高举起的酒杯。我是太羡慕生在盛唐的古人了，他们简直是在激情、月光、酒和诗的笼罩下过着浪漫、微醺的日子，天天都在体验生命的高峰状态，时时都有脱口而出的千古佳句！不得了，简直了不得！大地变成了酒坛，也变成了诗坛，整个盛唐就是一个飘着酒香和诗香的巨大酒坛和诗坛（就像如今的庸官俗吏几乎个个都会贪污腐败，在唐朝所有的官员和书生人人都能吟诗咏文）。诗与酒，成为整个民族的生存仪式和生命信仰，这简直是人类文明史的奇迹，是人类精神历程的奇迹。我当然也知道唐朝（包括盛唐）也有不幸，也有苦难和阴影，但我相信李白时代的唐朝是最浪漫、最富诗意的，是大地史册上最精彩的一页。人的最高生存境界是"在大地上诗意地栖居"，受诗意之光照耀的唐人，曾经创造了最好的栖居方式。

唐朝是中国乃至人类历史上的奇迹，李白是中国精神史上的奇迹，是我们民族的千古骄傲。宇宙中有无数个太阳，宇宙中却只有一个李白。自然现象可以无限重复，无法重复的是巨大的精神现象。感谢李

白，他用天真的诗情为我们打磨和保管了最好、最皎洁的月亮，我们的夜晚从此不会变得伸手不见五指，即使在漆黑的夜半，也总有他月光一样的诗句为我们照明。感谢李白，他用瑰丽的诗篇为我们酿造和储藏了最好的生命美酒，即使在市侩当道、伪劣盛行、诗意稀薄的浑浊年代，我们打开他的诗，就打开了真情弥漫、灵性芬芳的千古窖藏，我们仍可以邀明月共饮，与北斗碰杯，与永恒共醉，我们一度变暗的心灵又被盛唐的月光照亮，我们萎靡的情怀又被不朽的诗情重新激活，重新敞开，向真理和无限的星空敞开。"佳思忽来，诗能下酒；侠情一往，云可赠人"。诗中的李白和传说中的李白，一次次进入我们的精神和生命，为我们重新配置灵魂重新换洗性情，凡是受过李白感染的人，身上或多或少都注入了古代中国的纯真情思和浪漫气息。"安能折腰摧眉事权贵，使我不得开心颜"！"李白斗酒诗百篇，长安市上酒家眠，天子呼来不上船，自称臣是酒中仙"；"五花马，千金裘，呼儿将出换美酒，与尔同销万古愁"……李白天真得可爱，纯洁得可爱，豪放得可爱，我不知道如今世上还能找到几个像李白这样可爱和有趣的人。反正我找了半辈子，至今还没见到踪影。

二、他在梦境里梦见另一个梦境

李白的一生，是醉酒和梦游的一生，随便翻开他的诗，就有一种酒气和醉意扑面而来。他是浪漫主义的酒仙和超现实主义的诗仙。左一杯黄河，右一杯长江，诗笔一挥就是半个盛唐。凡他足迹所至，都留下动人的酒令和精彩的诗句。天生一个月亮照亮了万古夜，天生一个李白浪漫了万古心。山因李白增色，水因李白添美，月亮因李白更皎洁，宇宙因李白更深邃。我们的大地，因留下了李白的足迹而更值得留恋；我们的母语，因收藏了李白的韵律而更富于魅力；我们的人生，因沐浴了李白的诗情而更值得一过。

我常想，我这一生乏善可陈，唯一可以自慰的是我与李白同姓，即使我一生碌碌无为，即使我一路荆棘缠身，我也不会轻易自杀，万一不小心一念之差把绳子刀子套上脖子，我会忽然记起"黄河之水天上来，奔流到海不复回"的好诗，啊，去你妈的刀子绳子，我哥哥李白亲口给我叮咛过：我随黄河天上来，我怕什么奔流到海不复回！于是，我"砰"一声踹开门，"仰天大笑出门去，我辈岂是蓬蒿人"，我提了一瓶五粮液，去找我的李白哥哥，换他的一千三百年唐朝陈酿老窖，我与他，尽挹西江、细斟北斗，万象为宾客！一杯一杯复一杯，与尔同销万古愁，喝上三天三夜，再喝三天三夜，还要喝三万三千六百个日日夜夜，直到喝干天上一千条银河。

当你知道天才的唐朝是醉醺醺的，天才的李白是醉醺醺的，唐朝的文化是醉态文化，唐朝的人生是梦态人生，你就会明白，李白的诗，绝不能以清醒的、常人的意识去解读，更不能以实用的、狭窄的、庸俗的、小资的、过于唯物主义的眼睛去解读，那就看走眼了，把李白看偏了、看俗了、看小了。为什么呢？因为李白是满怀着激情和醉意，用一双天真的、清澈的、飞扬的、迷狂的醉眼俯仰宇宙，激赏万物，领略大美。他的眼睛看见的宇宙万象，类似于婴儿第一次睁开眼睛打量世界，那是投向世界的第一瞥，那是一个精灵第一次与宇宙发生的类似于开天辟地的神话般的、如梦似幻般的相遇和初恋！如同天真看见了天真，如同彩虹看见了彩虹，如同梦境里梦见了另一个梦境，他们看见的不是我们这些俗人眼里的这个见惯不惊的世界，这个住久了、用旧了、活腻了的过于熟悉和沉闷的老世界，不，映入他们——映入孩子眼中的，是亦真亦幻的"幻象"，是宇宙展开的不可思议的奇迹，以及这奇迹对他们心灵的持续震撼、无边笼罩、多情撩拨和神秘暗示，是宇宙的万千幻象带给他们的一连串的惊奇、惊讶、惊艳和惊叹。

三、世故社会里永远长不大的孩子

我通读了《李太白集》里的千余首诗，我对李白有一个不容商量的印象：李白哥哥，他就是一个一生都没有长大的好哥哥，一个可爱的大孩子，他到老都没有我们所谓的"成熟"，没有丝毫的世故和圆滑，在儒教占统治地位的古老中国，在等级森严、城府深深的宗法伦理社会，绝大多数读书人为了进入上流社会，为了求得功名富贵，都把自己打磨成处事练达、待人得体、进退有方、心机颇深（所谓"外圆内方"）的阅世高人或处世人精，而李白一生似乎都没有接受所谓的主流价值观，一生都拒绝进入伦理等级的樊笼，一生都没有学会也不屑于去学会攀龙附凤、趋炎附势的人生依附学、溜须拍马学、随波逐流学。"我本楚狂人，凤歌笑孔丘"，可见李白不屑于做孔教的信徒，这不只是理性的选择，更源于他与生俱来的精神血统和价值认同，他祖籍碎叶（即今吉尔吉斯斯坦境内），有着桀骜不驯的游牧血统，大约五岁时他才随家人迁居内陆腹地，在文化根性上他先天就属于另类，后来也极少受世俗伦理文化的习染而过分崇尚功名利禄，骨子里多的是傲骨而没有媚骨，心性里多的是浪漫激情而很少实用理性。他崇尚的文化，是楚地那弥漫着神性和巫性、蒸腾着醉意和诗意、将有限人世和无限时空打通得如痴如狂、如梦如幻的诗性文化，他崇拜的人物，是庄子、屈原这样的集天地万物灵气于一身的"天人"和"赤子"，而对那些终生都浸泡在世俗等级池塘里经营功名利禄的士大夫阶层，他是看不起的，他不屑于像他们那样把人生的赌注都押在体制的赌场上，那种孜孜于追求仕进的"君子"，在他眼里，其精神格局和生命气象，如同在蜗牛犄角里做道场，在蚂蚁窝里争输赢，那境界和格局，实在是太小太小了。

李白一生都在不停地跋涉和漫游，在山水间跋涉，在梦境里漫游。他是在瑰丽奇幻、深挚迷醉的浪漫梦境里漫游了一生。这个大孩子好像没有家，他是以天地为家，以万物为友，以日月星辰为路灯，以无限宇宙为旅馆，以浩浩长风为导游，以银河为专列，以彩虹为专机，他游遍奇峰巨壑，他阅尽万里山河，他还想游遍宇宙星空！他想在有限之生里，穷尽无限之谜，猜透这个无比庞大、无比神秘、无比深奥的永恒宇宙的哑谜！他走在追寻的长路上就是走在家里，他走在地球上，却幻想着他就要走进宇宙的中央办公厅，就要走进储藏着无穷神话和奥秘的上帝的那间神圣密室。

大孩子，这就是我通读李白全部诗作之后对他的整体印象。

四、呼作白玉盘：大孩子心中的月亮

孩子总是多梦的，李白这个大孩子的一生，就是做梦的一生，是在梦境里漫游的一生。

此文仅以李白诗中呈现的月亮、山水之意象，略窥诗人的梦态人生和醉态诗境。

恰如天下的孩子都痴迷那凌空出现的月亮，都喜欢在月光下仰观宇宙之大，冥想万物之谜，都喜欢在月夜里奔跑、丢手绢、捉迷藏、数星星、看银河，想嫦娥，说牛郎，大孩子李白也是这样。他一生都酷爱着月亮，礼赞着月亮。在他眼里，月亮，那不大像是一个具体的东西，而是他在梦中遇见的一个神物，或者，那是宇宙在它自身的恢宏大梦里梦见的一个幻象："小时不识月，呼作白玉盘"，从那白玉盘里，手一伸，就可以取出嫦娥姑娘送给我们的桂花糖。白玉盘，白玉盘，不仅是玉盘，而且是洁白的白玉盘，可以看见盘子边上吴刚师傅亲手画上去的精致花纹——此刻，你不妨抬头看天，你还能找到那个白玉盘吗？你看见的是什么呢？如今的月亮已经变成了一个灰不溜秋的破瓦罐！对不起唐朝，对不起祖先，对不起嫦娥吴刚，对不起李白哥哥，我们弄丢了你的千娇百媚的白玉盘，我们头顶只剩下了一个灰不溜秋的破瓦罐！我们若是丢了十块钱，就会难过三天，我们丢了那么好的无价的白玉盘，却不知道心疼，我们傻啊！我们得赶紧连夜行动，找回那个千古宝贝，找回那个白玉盘，还给李白，还给人民，还给众生，还给童年，还给爱情，还给心灵，还给诗歌，还给上苍，还给宇宙；在长大了的李白眼里，月亮仍然是那梦中幻物，而非物化的实在之物："花间一壶酒，独酌无相亲。举杯邀明月，对影成三人"，瞧，大孩子举杯相邀，月亮立即应声而来，天、地、人、月顷刻相依相融。"我寄愁心与明月，随风直到夜郎西"，月亮，是这位大孩子的贴身信使，瞬间可达千里，将真挚友情进行超时空快递。

"床前明月光，疑是地上霜。举头望明月，低头思故乡"，这首妇孺皆知、明白如话的童谣似的短诗，何以能感动千古读者？那是因为这个大孩子说出了我们人人都有的情感体验：无论身在故乡或他乡，在寂静的月夜，当我们一梦醒来，低头看见，床前，月光厚厚地、一层挨着一层落下来，积攒在那儿，似乎是可以用手掬起来赠给友人和亲人的，呀，这伸手可掬的月光，既是渺渺天意，也是厚厚人情，明月在这里，明月在所有的地方，明月在所有的夜晚，明月在所有思念的床前，明月把所有的故乡都幻化成陌生的他乡，明月又把所有的他乡都塑造成相似的故乡。

李白是怎样离开这个世界的呢？大孩子李白，到最后的时刻他仍是一个大孩子，仍保持着他的赤子之心，做着他的赤子之梦："青天有月来几时，我今停杯一问之。人攀明月不可得，月行却与人相随。皎如飞镜临丹阙，绿烟灭尽清辉发。但见宵从海上来，宁知晓向云间没？白兔捣药秋复春，嫦娥孤栖与谁邻？今人不见古时月，今月曾经照古人。古人今人如流水，共看明月皆如此。唯愿当歌对酒时，月光长照金樽里。"一生一世，这个大孩子都沉浸于宇宙万有的终极之谜，都在纯真的心里发着永恒的天问。传说李白是抱月而去的，他的死不是死，不是生命的终结，而是一个大孩子，一个宇宙之子抱着月亮远游他乡去了，月亮照耀了他一生，最后月亮带着他走了，重新开始了他永恒的浪漫梦游。

五、相看两不厌：大孩子眼中的山

且看这个大孩子眼中的山："山从人面起，云傍马头生"，险峻的山从人脸上陡然耸起，乌云傍着马头磅礴飘卷，人与山，同构了一个极端惊险的意象；云与马，共舞于一个深不可测的瞬间。人与马，既是天地的过客，也是构成天地万物之根源和万有之谜的一部分。短短两句诗，寥寥十个字，似乎不经意间脱口而出，却浓缩了可以无限阐释的象征意味和诗学蕴藏，我们可以联想到：宇宙与生命的悲剧起源和惊险处境，想起必然降临的生命之旅和同样必然降临的生命终结，如山耸山崩，如云生云灭。这既是自然险境的写实，也是梦境的实录和造像，更是万物命运的象征。在李白那里，自然和人世万象，都不是逻辑和理性的产物，而是不可思议的宇宙大梦中闪现的奇异情景，是非理性的生命舞蹈和梦幻造型。在我国古代诗人中，最富于浪漫情怀、终极关切和宇宙意识的有两位诗人，即屈原和李白，这两句诗就包含着追问天地如何起源的宇宙意识和生命意识，诗句有四个意象：山、人面、云、马头；两个虚词：从、傍；两个动词：起、生。极有限的篇幅，却压缩着无限的内涵，因为在诗人的瞬间直觉里，挟带了长久积压于潜意识中的生命困惑和宇宙冥想，天才的灵思和精良的造句，构成了一个浓缩着无限能源的语言和情思的核反应堆，足以释放远超过其语言体积无数倍的精神能量。由于平日沉浸和笼罩于心的，总是对万有之谜和生命奥秘的无限关切和永恒冥想，所以无论何时何地一旦灵感袭来，脱口而出，总能倾泻出言有尽而意无穷的深长意味，寄托遥深，意境幽眇，有如神谕。这两句诗，是直觉的和具象的，有着如临其境的现场感、惊险感、压迫感，却在直觉和具象里，灌注了抽象的追问和无限的冥思，由眼前险境，引人沉思和联想关于生命与宇宙的终极奥秘，于是诗就具有了大于诗高于诗的宗教追问、哲学幽思和宇宙隐喻——这并非我的过度阐释，因为，孩子的天真话语里，看似无心无意，却有着天地心和无限意。小孩子常常就是大哲学家，不经意间说出了庸碌成人决然想不到也说不出的深刻的真理。对李白的天真诗和豪放语，当作如是观。

"夜宿峰顶寺，举手扪星辰，不敢高声语，恐惊天上人"，在这个总在梦游的孩子那里，现实和梦境，此岸和彼岸，碧落和黄泉，有限和无限，人界和仙界，是没有距离的，它们本是一体的多面，是渺渺大幻里纷呈的心象，"寂然凝虑，思接千载；悄焉动容，神通万里"；人在红尘，心通苍冥。在这座夜的山顶上，那伸向星空的手，已然与永恒相握，能否升天已不重要，此时，他的心魂已经抵达天庭的深处，他已经是天上人，有了天上的户籍。

"相看两不厌，只有敬亭山"，李白面对的山，不是我等俗人眼中的石头之山，更不是用于"开发利用、升官发财"的商业矿山和旅游景点，而是有着高贵风骨的朋友，是从远古就一直站在这里，等待倾心交谈，等待生死相托的忠诚不渝的伟大朋友，李白与山久久相望，他望见了什么？他望见了一种侠肝义胆，望见了一种地老天荒也不会风化的忠贞情感。

六、别意与之谁短长：大孩子眼中的水

再看这个大孩子眼中的水。"黄河之水天上来，奔流到海不复回"，大水从何而来？大孩子说：从天上来。是的，这大水是从天上来，这大地还不是从天上来？这地球还不是从天上来？这万事万物，皆是从浩茫天宇间奔涌而来、一闪即逝的壮丽幻象；同样还是那条大河，梦游的大孩子再看它依然是："西岳峥嵘何壮哉，黄河如丝天际来"，那一根细若游丝的琴弦，弹奏着万古烟云，送走了百代过客；他看长江："登高壮观天地间，大江茫茫去不还"，他看见的是不停地与我们相遇又不停地与我们告别的长江，那已不仅仅是一条大河奔涌于天地之间，那是一位独自穿越茫茫时空的孤独大侠的苍凉背影；同时，孩子眼中的一切，既是如此神奇，又是这般多情，"请君试问长江水，别意与之谁短长"，长江之水已经够深够长了，而李白心中的感情，比江水更深更长，一切物化的实用的尺度都无以测度和丈量。"桃花潭水深千尺，不及汪伦送我情"，在李白眼里，天地间浩荡的春水秋波，绝不是被科技异化了的我们这些现代俗眼里的所谓"氢二氧一"，不是所谓的化学元素，不是所谓的用于买卖和消费的水资源，不，不是这样的，在李白眼里，那清清泉水、盈盈春水、耿耿秋水、浩浩江水，都是荡漾于天地间的情感波澜和思念深泽，都是永恒地奔涌轮回于时间河床上的记忆波涛！汪伦，一位酒馆的小老板，一个民间知音，一个草根友人，在大孩子李白心里的地位，却超过了帝王将相，超过了一个王朝的分量。古往今来，在秋水之渡和春江之岸，有多少惜别和相逢，有多少泪眼和惊喜？因了岸上的汪伦对李白的踏歌相送，全中国的河流，从此都有了桃花潭水的幽深，千年的河岸，绵延着动人的诗意和温情。

"仍怜故乡水，万里送行舟"，你看，这个离家远渡的游子，这个可爱的深情的大孩子，他在动荡不已的岁月之舟上，看见了人世的深情，你看，这满荡荡的一江澄碧，正是从故乡一路追来的水，紧紧抱定他的倒影不放，依依地诉说着，叮咛着，依依地为他送行……

诗与药

前些时候读已故诗人冯至先生写的《杜甫传》一书。书写得平实可信，叙述诚恳而质朴，没有一般传记作品常见的毛病，比如过多的抒情和哲人式的评价，以致淹没了传主本身的生命历程和品格风貌，读者看到的只是传记作者用自己的思想和情绪对传主的阐释与渲染，正所谓"喧宾夺主"，传主本人的生平、情怀、遭际、作为，反而被叙述之外过多的虚饰之词遮蔽了。我读《杜甫传》之前，也有一点担心，作者会不会对一位伟大诗人投注过多的赞美，而忽略了对他平生经历包括性格弱点的翔实叙述？杜甫作为诗人的伟大是人所共知的，我想了解作为普通人的杜甫的平凡实在的一面。

读罢全书，我觉得这是一本朴素诚恳可信的书，我读到了一个伟大诗人的平凡之处，也从这平凡之处更感到了他的不容易，他的伟大，在那遍地烽火、国破家亡的苦难岁月，一个人能活下去已属不易，而他一边受苦、逃亡，一边忧患天下，还要苦苦锻造诗歌，像收养孤儿一样收养和安顿每一个文字，一个强盛的王朝终于无可挽回地衰落了，而他，骨瘦如柴的他，无家可归的他，却以一行行凝着血泪的文字，打造了一个不朽的诗的王朝。这本书，是一颗诗心对另一颗诗心的深挚观照，是一个诗人对另一个诗人的遥思和凭吊。

给我留下深刻记忆的是写杜甫在生活艰辛、衣食无着的逃难日子里，他曾沿途采药、替人治病，收点微薄的钱以接济贫苦的生活。看来杜甫是懂医的。采药、制药、看病，他一个人为患者提供的是"一条龙"服务。伟大诗人曾经做过小小的郎中。我又想到，在古代，文、史、哲、医并不截然分家，文人们大多数也许都是懂医道的，中医从哲学得到直接启发，阴阳、虚实、表里等既是古典哲学的范畴，也是中医的基本概念，医书大都写得文采华赡，诗味浓郁，医书，简直是用文学语言写成的哲学。所以在古代，文人懂医道也许是基本素养，不足为奇，而确确实实亲自上山采药，亲自制药卖药，亲自行医的，并不多见。当我读到杜甫在成都、在甘肃同谷等地卖药行医的叙述，我的确有点感动。

诗或许也是一种药，尤其是古诗，似乎都像古老的中草药。不仅指诗的功能，其对人生创痛的抚摸，对生命孤独的体贴，对受难灵魂的安妥，这大约都是诗的"药效"吧。而且，你打开《诗经》一直读到唐宋元明清，你不仅嗅到了几千年诗的苦香，也会同时嗅到几千年药的苦香，诗里面所写的那些数不清的植物，有多少本来就是药草啊。《诗经》里的车前子、木瓜、艾，以及后来诗中出现频率越来越高的菊、芍药、莲子、灵芝等，都是清凉平和、消火解毒的良药。有时读到一首咏物抒怀的古诗，其中所写的植物大都是药。这首诗就可以当作药方了。我发现诗人在情怀比较平和、冲淡、宁静时写的诗里，其所写的植物也就是平和、冲淡、苦中带甘的那类，近似于"温补"的那种药。而在孤寂、荒寒的心境下写的诗，其中就多了些古藤、老树、古柏、落叶、残枝，透出一派寒凉、孤弱的苦况，令人感到诗人病得不轻，需要好好"温补"一下。而那些激愤、悲烈的诗，让人感到无论是诗人或者是当时的众生与社会，均已被病苦折磨得太久，寒火已深入血脉，外感风寒，内伤湿滞，表里俱实，阴阳不调，急需去寒解火，综合调理，这就需要良医良药，当然也要病人自己善于自我调养。

诗或许也是一种药，在多数情况下，诗人和他的诗并不能改变社会的命运，甚至诗也并不能改变诗人的命运；或许是诗有不如药的地方，但诗是另一种药。至少，诗人在写诗的时候，诗抚慰了他孤寂的灵魂，他笼罩在诗的情绪里，如同病人笼罩在药的气息和烟雾里，在这一刻他得到了天地之灵和万物之气的灌注与补充，随诗降临的精神支持了一个为某种精神活着的人。诗不像药那么及时和有效，但伟大的诗可以穿越时空，进入很多人的灵魂，使之感动并获得滋养。

1998 年夏天，我到甘肃成县（即古代同谷县），拜谒了城郊的杜甫祠堂，祠堂依山临河，山仍是当年的山，是杜甫采过药的那座山，只是山上树木已显得稀疏，望着山上的小径，我想象着杜甫当年拖着老迈之躯冒雨上山挖药的情景，他一定是憔悴瘦弱、脸上泛着菜色的，据说当时的同谷县令对杜甫一家逃难流落此地，非但没有给予同情和帮助，相反，这个庸俗浅薄的芝麻小官以地方土皇帝的傲慢，居高临下地冷落和羞辱杜甫，连间小房子也不愿提供，杜甫一家只好栖身于临时搭起的草棚里。杜甫在同谷居住三四个月，就靠每日采药、为当地百姓治病，艰难地维持一家老小清苦的生活。一个食不果腹、骨瘦如柴的诗人在近于乞讨的艰难日子里，依然孜孜不倦、一字一句地推敲锻打着诗歌的不朽王朝，他在同谷逗留了不长的时间，却写了一百多首咏同谷的诗。我和同行的友人向杜甫雕像深深地鞠躬，并将一杯杯酒祭洒于诗人面前。然后，我在祠堂外的山上，沿着一条小径走到柏树林中，小径上长满了车前草、灯芯草、野薄荷、柴胡、前胡等草药，我想，这些药或许都被杜甫当年采过，它们的种子一代代延续下来，我闻到了苦涩芳香的气息，正是杜甫当年闻到过的那种气息。

是的，一千多年了，或者再过几千年几万年，药的气息不会改变，它缭绕人世的疾病和痛苦，它使短暂的人生与无穷的自然久远的历史发生深刻的联系。我采了一枝薄荷夹进随身携带的《杜甫诗选》里，杜甫采过的药和杜甫写下的诗又在一起了，诗与药见面了，它们彼此呼吸着对方的苦香……

千古诗圣赤子心

——读《杜甫全集》

作为凡人的杜甫

诗人杜甫以他诗歌创作的实绩，以他忧国忧民、忧天忧地的赤子情怀，尤其是他将律诗创作的意境、格调和语言提升至空前高峰的卓越贡献，被后世誉为诗圣。我国数千年诗歌史，诗圣只此一位，他的地位十分崇高。

圣，是后人对逝者生前言行品格的评价和追封，表达尊敬和崇仰。我通读了《杜甫全集》，感到杜甫在世时，其言行品格体现出他是实实在在的一个好人、凡人。他是很平凡的一个人。

人们说：把简单的事做好就不简单，把平凡的人当好就不平凡。大道至简，我以为此话揭示了做人处世之大道。杜甫一生，无须神化和圣化，他就是老老实实做人、严严谨谨做事、勤勤恳恳写诗，他的一生体现了一个字：凡。

他早年也参加科考，想弄个一官半职，对国家做点事；他也想把日子过得好一点，住房稍微宽一点，能有个读书写作的小书房，他的好朋友、当时的成都尹兼剑南节度使严武资助他修缮了成都草堂，使他有了一段暂时安稳的生活，有了一个放稳书桌的地方，他对此很感激，多次在诗里表达对严武的感念；在国难当头的流浪途中，他做过郎中，采药制药，望闻问切，为病人提供一条龙服务，收取一点低廉的辛苦钱，供一家老小糊口保命；他心疼妻子，惦念儿女，他是一个好丈夫、好爹爹；他后来当了个副科级小官"左拾遗"，按时上下班，将办公桌擦得锃亮，文件摆放得律诗般整齐，像写美文一样仔细撰写公文，从不收受贿赂，别人的酒都不随便喝一口，偶尔与同僚下班后喝一杯酒，他也是不会白喝的，一定要赠一首诗作为答谢。他是一个勤政廉洁的模范公务员；他爱朋友，念故旧，他对李白的友情很深挚，梦里都担心李白被魑魅魍魉害了；他爱山河自然，爱草木虫鱼，爱琴棋书画，爱明月清风，爱君子美人，当然，作为最善于运用语言的诗人，他爱语言，爱诗，诗成了他的生命信仰……

以上，常人也能程度不同地做到。你说杜甫平凡吗？当然，平凡。

但是，他能成为人们心中的千古圣人，他的貌似平凡的一生里，必有一般凡人达不到的非凡之处。

作为诗圣的杜甫

有一说法：智极成圣，情极成佛。智慧高深到极致境界就成了圣人，情感仁慈到极致状态就成了佛陀。

诗圣杜甫就是如此。且看：一般诗人写诗，表情达意即可，讲究点的，追求意新境阔、追求炼词炼句炼意以达到"人人意中有而人人笔下无"的效果，若有那么两三首能传至后世，就很安慰了，比起速朽的身体，自己的才情好歹也算"不朽"了。但杜甫不然，他对写作、对诗歌、对语言，有一种圣徒般的虔诚，几乎达到迷狂状态，他说过："文章千古事，得失寸心知"，他把写作当成千古盛事，从事文字的人怎么能敷衍千古呢？他发誓："语不惊人死不休"，他要求自己写的诗，不仅感人，而且要惊人，对读者产生电击般的心灵穿透和情感战栗，使读者对诗的意境和蕴藏，产生深刻的心灵共鸣；诗人笔下的语言，应该如同夜晚的闪电，嚓——一下子就解剖了黑夜，一下子把群山放倒在手术台上，嚓——那闪电，一下子又把群山扶起来，人们猛然看到了黑夜的骨骼，看到了宇宙无穷的深黑里，闪电划开的口子里，奔涌着赤子的魂魄。杜甫是最善于"语言炼金术"的语言大师，语言在他笔下，不是简单的表情达意的工具，语言就是存在本身，就是生命本身，语言就像那燃烧的星辰构成了意义的深海和充满暗示的深奥宇宙。那些常见的文字和意象，经由他深沉情思的驱遣和重组，忽然都变得灵光四射而又难以一眼看透，意象之光的繁复交织和相互辉映，使本已极其充实的语境里，又罩上一重重灵思和暗示的光晕，语言的暗示、象征、隐喻功能在他笔下得到了最大化的增值，他的那些精美杰作，每一首都如一座语言的核反应堆，浓缩着高浓度的精神能量和高强度的心智感染穿透力，给人以无尽想象的空间。从而在七绝、五绝、七律、五律这种仅有几句、仅有一二十个字的极有限的苛刻篇幅里，压缩了可供无限挖掘和反复解释的情思矿藏和想象时空。我们可以静心细读和体味他的那些七律七绝，五律五绝，就知道他的汉语运用的水平达到了怎样高超、高深、高妙的化境，那真正是字字钻石，句句珍珠，首首皆精品，篇篇是华章。所以后世诗人和学者都公认杜甫是律诗和绝句的圣手。（再反观我们笔下恣意流泻的滚滚文字泡沫，就知道我们不是在使用汉语，简直是在糟蹋母语，我们对不起自己的母语。）就他对诗歌和汉语的伟大贡献而言，我们应该永远感谢杜甫，杜甫是我们永远应该尊敬的写作老师和语言老师。他还要求自己写的诗，不只感动当时，而且要能穿越时空，感动千古："尔曹身与名俱灭，不废江河万古流"，是的，那些为虚名浮利、为一时的掌声和花环而制作的轻浅的花言巧语和时尚文字，将很快被遗忘，其名声比其肉身会更快地消失，只有伟大深沉的心魂和由这心魂凝结的伟大深沉的文字，才会随那江河万古流。杜甫，他做到了，就在此刻，我笔下流淌的，正是杜甫的诗句，是杜甫的心跳、心血和心魂。

一般的人做人，做个本分人就行，不害人就行，你对我好我对你也好，对天下国家有感情就行，自己过不好时顾不得别人，自己日子过好了才想起帮帮别人，对草草木木虫虫鸟鸟不一定很同情，对人心善就行——当然，一般人做到这样也不错了，你不能要求所有人都是菩萨和尧舜。但是，杜甫不是这样，杜甫对人、特别是对百姓，对朋友，对国家，对天地自然和万物生灵，都有着非常真挚、笃诚、深沉的感情。在"朱门酒肉臭，路有冻死骨"的昏天黑地，他整夜整夜地失眠，悲悯受苦受难的百姓，在逃亡途中，不顾自己骨瘦如柴，若有一点吃的，他也要分一些给更可怜的人；唐朝快垮了，他苦闷焦虑得想哭，他竟然牵挂着试图重整江山的唐肃宗，他担心这位临危上台、日夜操劳的皇上能不能吃上一点肉补补身子；他比皇帝还爱江山和社稷，他眉头经常皱着，他皱着的眉头绝不是像贪官污吏之流的眉头，贪官污吏之流皱着的眉头盘算的是把天下的金银财宝都弄到自家的账号里和库房里，杜甫皱着的眉头纵横交织着的是国家的忧患、众生的苦难和人民的眼泪："感时花溅泪，恨别鸟惊心"，"万古一骸骨，邻家递歌哭"，他为不幸死去的可怜百姓哽咽痛哭；他深沉的感情由人及物，他牵念天下，泛爱万物，同情生灵，"旧犬知愁恨，垂头傍我旁"，陪他多年的一只老狗也懂得人世的悲苦，替他分担着忧愁，他也怜惜着这只狗，生怕它死了；而当日子稍好，他就以宽厚的心境，分享着万物生长的喜悦和生灵的闲适："细雨鱼儿出，微风燕子斜"，我们能想象他时而水边俯首，与鱼儿同游；时而风中仰目，与燕子同飞；"留连戏蝶时时舞，自在娇莺恰恰啼"，他流连着生灵的流连，自在着万物的自在；他是如此地挚爱大好河山："无边落木萧萧下，不尽长江滚滚来"，"锦江春色来天地，玉垒浮云变古今"，他的血脉里澎湃着古海长河，他的心魂里巍峨着高山大岳；"窗含西岭千秋雪，门泊东吴万里船"，他从一个窗口看见千秋和永恒，他从一扇门里看见万里和无限；他爱家乡，有着浓得化不开的乡愁："露从今夜白，月是故乡明"，露，此前并不太白；月，此前也并不太明。自从被他深情的眼睛一夜夜提炼，被他真挚的诗句一字字点染，我们的故乡，终于才有了如此白的白露，如此明的明月；还是那明月："卷帘还照客，倚杖更随人"，卷了竹帘，送了客人，那深情的月光仍照着客人归去，那深情的月光不忘记给那颠簸的影子也递过去一根拐杖；他热爱着朋友李白，但并不是为了求当时已名满天下的李白，给自己写评论推销，刷微博扬名，或者借用李白的人脉为自己在唐朝作协弄个理事或副主席的破帽子戴到头上唬人（唐朝没作协），没有，半点都没有，他曾经连续三个晚上都在梦里梦见李白："浮云终日行，游子久不至；三夜频梦君，情亲见君意"，他挚爱李白，这是诗人之爱，精神之爱，纯洁之爱，不是爱他的身外之物、之名，他爱李白的才华风骨，爱李白的浪漫天真，他爱着一颗高洁灵魂闪耀的生命光芒和精神光芒，这是才华对才华的欣赏，这是诗对诗的致敬，这是精神对精神的拥抱。爱在爱中满足了，友谊在友谊中满足了，诗在诗中满足了，精神在精神中满足了。在杜甫那里，爱之外，诗之外，友谊之外，精神之外，再没有更有价值的东西。今天，我们还有这样纯洁深沉的感情吗？

对生命和万物的赤子深情，伴随了杜甫一生。这种体现人之最宝贵品质的深情，没有因为时光推移而淡化，没有因为常人所谓的成熟和老练，而有一丝一毫变质和打折，终其一生，杜甫都是深沉地为感情活着的人，从而才有了那沉郁顿挫、感天动地的不朽诗篇。

雨夜细节：韭菜与那首五言诗

"安史之乱"后，那一年春天的一个雨夜，杜甫拜访久别多年的老友卫八，离久聚暂，相见甚欢，他们拉开话匣子，说人生易老，说

儿女成行，说生离死别，说得眼泪汪汪。叙说了一阵，开饭了，"夜雨剪春韭，新炊间黄粱"。米饭里掺着金黄的小米，饭香而可口，菜是土鸡蛋炒韭菜，味道清爽，难得地为瘦弱的杜甫补充了蛋白质，"安史之乱"后，整个唐朝都饿，整个唐朝都营养不良，唐朝的脸上泛着菜色。这个夜晚，生活并不宽裕的主人，慷慨地接待了杜甫，接待了诗，为诗改善了生活，也顺便为骨瘦如柴的历史补充了一点营养和蛋白质。"主称会面难，一举累十觞"！主人说："杜甫兄弟，见一面不容易啊，咱哥俩今晚一定要一口气把十杯酒干了！""十觞亦不醉，感子故意长"，杜甫连干三杯，说："就是连喝十杯也醉不倒我，因为你这诚挚的情义无限深长啊。"那夜，雨淅沥下着，透着一股春寒，主人的夫人生火做饭的时候，主人就去门外菜园里剪韭菜，杜甫是厚道人，也是勤快人，他怎么好意思让老友忙这忙那，自己却坐等开饭吃现成的？"我们一起剪韭菜吧"，说着，杜甫就与老友到了菜园，韭菜水灵灵的。国家东倒西歪，韭菜却长势良好；朝廷树倒猢狲散，民间还保存着淳朴礼仪，你看韭菜是如此认真细腻，是如此诚恳亲切。韭菜一行一行的，雨落下来，一行一行的韭菜，就排列起一行一行的泪珠，排列着一行一行的诗，是的，是一行一行的五言诗啊，整整齐齐的，清清爽爽的，押着韵的，合着平仄的，这不是天然的五言诗吗？与老友一同在雨地里剪着韭菜，杜甫眼睛有些潮湿，他没有让老友看见，只说，这雨水落在眼窝里，也想在我眼睛里住下不走了，可是，"明日隔山岳，世事两茫茫"，今夜之后，明年的春雨，后年的春雨，以后千年万载的春雨之夜，我们还能遇到吗？一行行韭菜，就泪汪汪地排列成一首深情的五言诗。直到此刻，在我的窗外，那场雨还在淅沥着，那菜园里一行行韭菜，还在泪汪汪地，默念着那首五言诗……

就这样，一千多年前，那个雨夜里的春韭，被杜甫保鲜在一首诗里，至今仍散发着清香。

走近诗佛

——王维的灵性世界和诗歌意境浅析

一

在群星满天的唐代诗人中，王维是很特殊的一位诗人；若论诗的艺术性，在唐诗乃至整个中国古代诗歌史上，王维诗的艺术成就是很高的，他是我国山水田园诗的艺术大师。

先说他为何特殊。在古代，文人士子大都有自己的精神信仰和道德理想，或崇儒，修身以济世；或学佛，自度兼度人；或尚道，抱朴而怀素。其实，数千年里，大部分知识分子和普通中国百姓，绝不像现在人们这样失去精神信仰：除了只信钱和权，什么都不信；除了迷失于这个物质主义消费主义的世俗生存世界，再无精神的方向和心灵的净土。古时可不是这样的。古时的中国人，儒、释、道并非仅仅是孔庙、佛寺、道观里的经书和说教，而是普及了的信仰和道德，像空气一样弥漫在日常生活中，渗透在人们的心性里，经久不息地塑造了中国人的心灵和情感。即使有的人并不明确信什么，心里还是有潜在信仰的，因为，儒、释、道已经成为人们"道德的底稿"和精神的基因。文人诗人中，整体上都笼罩在儒、释、道构成的精神文化大气层之下，只不过有的更多儒家风范，如杜甫；有的更显道家风骨，如李白；而被称为诗佛的王维，当然身上就更多了佛的气息。

那么，既然所有文人诗人都有精神的信仰，王维信佛，又有什么特殊呢？

古代大部分文士，他们倾向或认同某种信仰，主要是吸纳其道德元素和文化元素，内化于自己的德行和著述，但未必真的像信男善女那样，在仪轨上严格谨守。而王维的特殊正在这里：他不仅在精神上皈依了佛教，而且在日常修持和生活方式上，他完全是一个虔诚、标准的佛教徒。

王维的母亲就是笃诚的佛教徒，王维自小沐浴在佛香和经声里，自小受母亲的言传身教，这对他精神世界的影响是刻骨铭心的。王维早年积极入世，考取进士，入朝做官，安史之乱期间和以后，他遭遇天下变乱和仕途打击，虽未完全退出官场，仍作为朝廷官吏拿着俸禄，但上班也只是象征性地应个卯，因为当时的都城长安城离终南山不远，乘马车、骑驴或步行，要不了多时就进山了。王维多数时候都是远离都城，在终南山的辋川一带隐居山林，信奉禅宗，吃素守斋，诵经坐禅，严格修持，在优美恬静的山水田园里修身养性，消融自我，安顿心魂，过着居士清修的生活。《续高僧传》记载："松生石上，水流松下。王公焚香净室……"；《旧唐书·王维传》记载："……斋中无所有，唯茶铛药臼经案绳床而已。焚香独坐，以禅诵为乐"。他在《山中寄诸弟妹》一诗中，这样描述他的修行生活："山中多法侣，禅诵自为群。城郭遥相望，唯应见白云"。我远离尘嚣，隐遁深山，和众僧侣们诵经修行，远在城里的弟妹们啊，你们遥望高山，望见了什么呢？你们是看不见我的，只看见那满山的白云。是的，那个俗界的王维已经不见了，他已和山水林泉清风白云化为一体了。

作为佛教徒的王维，其修持的严格，从这件事可见一斑：王维三十岁左右的时候，妻子病故，"妻亡不再娶，三十余年孤居一室，屏绝尘累"（《旧唐书·王维传》），直到六十一岁逝世。他生前交往的也多是僧人居士、淳朴百姓，很少与名利之徒有什么瓜葛，而与他的心灵长相往来的，就是那笼罩着佛光禅意的山水林泉，琴诗书画，天籁自然。

二

日日禅诵清修，悟道吟诗，又时时置身于山水田园、白云清泉之间，这样长期的修炼，可想而知，这位佛徒兼诗人，其内心世界和性灵趣味，已达到了怎样纯净、安详、空灵和高妙之境？加上他过人的天赋、丰厚的文化修养、深湛的悟性和诗意感受力，他诗歌艺术所抵达的高深而悠远的境界，就是可期待的了。

王维对我国古典诗歌最大的贡献，就是创造了一个充满禅意，但又可感可悟，既仙境般空灵悠远，又是凡人也可以转身进入的诗意世界。

试读《鹿柴》：

"空山不见人，但闻人语响。返景入深林，复照青苔上。"

早年我读此诗，觉得没什么深意，没什么了不起，不就是夕阳返照、空山幽寂吗？

及至后来，反复诵读和揣摩，我才有了较深一点的体悟，这是一首多好的诗啊，它的意境是那样的朴素、简洁、空远和清澈，若是高调一点说，这首仅二十个字的诗，呈现和暗示的却是对生命本质的顿悟和对永恒的宇宙宿命的观照（其内涵之丰富、意境之高远，超过了现今那些用废话拼凑起来的徒具块头、意蕴稀薄的所谓长篇大作）——

我们若是走进深山，都会有这样的体验：山谷深深，山峦重叠，空山寂寥，世界静如太古，突然，不知从哪片林子或哪个幽谷，传来人说话的声音，那人语与山岩相遇相撞，又变成了此起彼伏的回声，那人语于是被放大、被拉长了，仿佛有许多人、许多物，都在传递一句惊世话语。那回声与你擦身而过，你也似乎加入了对那句人语的放大和传递，你也成了回声的制造者。很快，那人语和回声，静了下来，无边山色融化了那人语，无限时空删除了那回声，空山，又回复到以前的静，那太古般的静，就像这深山从来没有出现过人语人声一样。这时，只看见，夕阳的余光照进林子里，又从枝叶间漏下，静静地照在青苔上。而那厚厚青苔，已不知是从多少万年的腐殖土里生长出来，哦，在这万古千秋的宇宙里，在这无边的荒凉和寂静里，人是什么呢？人，就是无边寂静中的那声插嘴，那声人语；人能做什么呢？人能做的，就是发出那声"人语响"，就是看到那返照。而发出又怎样？看到又怎样呢？发出就发出了，没发出也无妨；看到就看到了，没看到也无妨，这都不会给空山和宇宙增添什么或减少什么，你瞧：在寂静的空山和寂静的林子，返过去照过来的，还是那不多不少的幽幽天光，还是那不生不灭的渺渺返照。

诗中，那位观察者始终没有出现，但无疑他是这一情景的目击者，他听到了那短暂的人语，他沐浴了那短促的返照。他孤独吗？他忧伤吗？他绝望吗？因为，在此时此山间，他目击了时光流逝的拐点，数声人语之后，半个夕阳沉没，天地浑茫，万物消隐，发出人语的人，不知所终；看见返照的人，不知所终。只有寂静的宇宙和寂静的空山，重复着万古的寂静。那么，那位始终没有出面的观察者，他此时的心境是什么呢？作为绝尘出世之人，他那空远的心，无关风月，无关悲喜，他的心境，超越了世俗的所谓悲喜，他的心境是一片湛澈、空阔和宁静，因为，宇宙的玄机和生命的深意，在这一刻已经向他敞开和呈现，他的心，已洞悉了天地之心。一颗洞悉了天地之心的心，已然与天地合一。这一刻，他体验到了剔除一切妄念和尘垢，找到自己的透明本心的那份空灵、自由、辽阔、自洽的感觉，体验到人的本心与宇宙、与更高的真理融合为一时的那种通脱和圆融。此时他无悲无喜，因为他超越了悲喜。这时候，他领悟了生命的意味和宇宙的真相，他体验到从幽深的本心里生起的那种无关风月、无关功利、无以言说的喜悦和宁静，这就是妙不可言的禅悦和无上法喜。

三

再读《辛夷坞》：

"木末芙蓉花，山中发红萼。涧户寂无人，纷纷开且落。"

这是一首同样会被人小看的诗，可笑我当年就无知地以"过于简单"妄评之。古人说最好的诗文当具备这样的品格："状难写之景，如在目前；含不尽之意，见于言外。"这首诗倒没有什么难写之景，却在极有限的文字里，蕴藏着不尽之意：

那树梢顶上的花儿，静静地开了，开得那么热烈和红艳；在这深涧幽谷，渺无人烟，花儿，就那么纷纷开着，纷纷落着，花影落在花影上，那么唯美和安详；这情景，就像静夜的月亮走过清空，月光落在月光上，那么轻盈和自在，并不因无人仰望或注视，月光就减少一丝清辉。也像那幽谷山泉，清流自地底涌出，碧波接纳着碧波，绝不会因为没有鸟儿临水照镜，没有幽人掬水而饮，这泉水就克扣一勺一滴。

这是寂寞的热烈，这是平淡的沸腾，这是震耳欲聋的寂静，这是万物的自性圆满，这是不需要看客的生命出演，这是不需要目的的审美昏眩，这是不需要结论的哲学思辨，这是不需要旅伴的精神历险；这是一场幸福的灾难，不需要救援；这是一次美丽的崩溃，不需要同情；这是此刻的自己与更高处的自己举行婚礼，不需要祝贺；这是正在悄悄举行的盛宴，不需要别人买单，这是心灵在自己盛情款待自己；这是一个自然之物在内心里度过的节日，这是一个自在生命在完成自己以后，自己目送自己走远，自己目送自己离开自己，到自己的更远处去，到自己的更深处去，到永恒那里去。

这首诗里暗含着对佛教的生命哲学的深刻理解。佛曰：一念觉即

188

佛，一念迷即凡；佛是觉悟了的众生，众生是未觉悟的佛。佛曰：境由心造，心由念生；去妄归真，明心见性；明心则觉，见性成佛。那纷纷开且落的花儿，正是觉悟之花，性灵之花，智慧之花，自性圆满之花。它开了落了，都不是为了博取谁的认同或欣赏，它是自在、自为、自足的，它开了落了，就像一曲音乐，从寂静中响起，缭绕天际，然后默默地回到寂静。

再看《竹里馆》：

"独坐幽篁里，弹琴复长啸。深林人不知，明月来相照。"

在深深的竹林里，一个人时而弹琴，时而吹口哨，不是为了让人欣赏，只有明月才是最高洁的知音，明月从天上远道而来，着迷地看着我忘情陶醉，我也望着这天上的知音，陶醉着我的陶醉，也陶醉着它的陶醉。我和月亮，就这样悠然地、陶然地、无言地久久彼此对望着，遂望见了彼此之本心，望见了天地之心，望见了永恒。

这其实是一个人在与天地精神相往来，类似庄子的"心斋""玄览"和"神游"，那是一种"妙处难与君说"的精神漫游和心灵飞翔。明月是天地之心，而一颗洗尽纤尘的诗心，与明月对望，实则是最好的人心（禅心），与最清澈的天心的相遇相融。这一刻，天地间万虑尽消，一尘不染，唯有深湛的觉悟和透明的欣悦，笼罩和抚慰着天心人心。这同样是只可意会不可言传的禅悦和法喜，是超越世俗悲喜的大自在和大喜悦。

这首诗不可不读，《书事》：

"轻阴阁小雨，深院昼慵开。坐看苍苔色，欲上人衣来。"

雨天，濛濛轻阴笼着阁楼，正好在安静的深院里诵经禅坐，大白天也不想打开院门。走下阁楼禅房，就静坐在院子里，久久凝视积年的青苔，看着看着，那浓郁的苍翠之色，仿佛就要漫上衣服，漫上身体，漫进心魂，将人整个儿也染绿，变得像时光一样苍翠古老。

就那么一地青苔，诗人却感受到了无限的悠远和幽邃！在禅心和佛眼里，青苔岂止是青苔？那是时光的堆叠，那是"悠久"的暗示，从亘古漫向亘古，从永恒漫向永恒；那同时是一种无声的偈语，让你静下来，慢下来，最好停下来，听听时间的足音，看看"无常"的表情，当时间慢下来，"无常"停下来，"无常"也似乎变成了恒常，也有了这深蓝的表情。那么，坐下来吧，邀请飞奔的时光也坐下来，在不停的流逝和无休止的"动"里，体验这万古一瞬的"绝对静止"；这一刻，飞速旋转的宇宙和奔腾流逝的万事万物，都慢下来，静下来，停下来，停靠在这无限幽深宁静的意境里。

四

归隐修禅之后的王维，是否就心空如洗、情淡如水了呢？

他毕竟是诗人，诗人不同于"看破红尘凡间事，一心逍遥了此生"的一般僧侣。若不是怀有"无缘大慈，同体大悲"的慈心大愿，即使出家人中，也有不少人只是个"自了汉"，自己出离苦海而未必关怀仍在苦海里挣扎的众生，这是些自度而不度人的自私俗僧。佛曰："众生未渡，誓不成佛；地狱未空，永不离苦"！诗人兼僧人的王维，既有出世之大觉大悟，也保持着济世的大慈大悲。诗人兼僧人者，必是将彼岸幻梦与人间慈悲集于一身的人。他岂可没有超常之深情？是的，若论才思和智慧，王维绝对是高人；而若论情怀和心肠，王维绝对是善良、慈悲、深情的好人。

且读这首《观别者》：

"青青杨柳陌，陌上别离人。爱子游燕赵，高堂有老亲。不行无可养，行去百忧新。切切委兄弟，依依向四邻。都门帐饮毕，从此谢亲宾。挥泪逐前侣，含凄动征轮。车徒望不见，时见起行尘。余亦辞家人，看之泪满巾。"

你看，诗人的悲悯情怀何等深沉！他看见百姓离别的悲伤：父母已老，家境贫寒，儿子不出外打工就没法生活，出外又担心在家的老人，但为了生计，只好离家远行，临别依依，含悲上路，车行渐远，唯见行尘。诗人见此情景，想起自己也是远离故乡的人，不觉为之泪流满面，泪水，把毛巾都打湿了。在这首诗中，我们发现唐朝也有到远方城市打工的农民工，可见百姓生存之不易，古今皆然。

我们一定还记得，王维那首脍炙人口的名篇，《九月九日忆山东兄弟》：

"独在异乡为异客，每逢佳节倍思亲。遥知兄弟登高处，遍插茱萸少一人。"

多么情深意长。这是作者十七岁时的作品（诗题中的山东，非现今山东省，指终南山以东）。可见，年轻时的王维，是怎样一个深情的人。对人世用情深者，一旦将这深情倾注于天籁自然和精神彼岸，必然对生命和宇宙生出深沉的觉悟与幽微的感怀。当他皈依了信仰，一心求道向佛，他对人间的深情深意，就在佛的智慧照拂下，深化和提炼成了对天地万物之神奇存在的澄怀观照，对更玄妙的宇宙意境和生命美感的悠然心会和深情认领。

诗情，禅意，法喜，这是上苍赐予人的最高级的精神礼物，得此"三宝"者，是享天福的人。王维，就是一个享了天福的人。他用佛眼看天地，看山水，看草木，看生灵，他看见的一切，都经禅心的照拂和提炼，而化成一片禅意；他的心，常常悲悯着红尘众生，到了后期，则时时沉浸于禅悦和法喜之中。但他一点也不自私，他没有私享那份大喜悦。他把它们提炼成情思深湛、意境悠远、寄托遥深的诗篇，让千年万载的人们共享。他的诗，实乃是精神修行的记录，是内心法喜的投影。

五

细读王维以及古代诗歌大师们的诗歌，我们会被他们深湛的诗心诗情和诗歌意境，所深深感染和触动，引发我们的心智去聆听、靠拢一种意蕴无穷的灵性世界，阅读的过程，就成为我们洗心和找心的过程，我们经过一番心灵洗礼和跨时空穿越，终于找到了我们平日被滚滚尘埃和无边啸声所遮蔽掩埋的本心、灵心和赤子之心，于是，沿着一首诗，我们返回到世界的第一个清晨，返回到心灵的上游和源头，返回到一棵刚刚破土抽芽的羞涩春草面前，返回到一眼清泉面前，返回到一颗露珠面前，甚至，我们住进了那颗露珠里，我们变成了一颗透明的露珠。

一首真正的好诗，不只要有情感，有美感，有意象，有意境，而且那意境里，必然涵纳蕴藏着一种被更高的精神苍穹所笼罩的灵性、灵心和灵境，一种用我们的庸常心智和流行语言所不能完全"翻译"和解读的深意和深境，这就是古人所说的"诗无达诂"，我们需用更深的灵性和灵心，去穿越一般的、浅陋的、甚至扭曲性的理解，从而抵达和领略隐藏在文字深处的诗人的灵性、灵心和灵境。这也正如现代伟大作家马尔克斯所说："诗是平凡生活中的神秘力量"，我们读一篇诗文杰作，必须超越狭隘的实用理性，超越被世俗生存阉割和定义了的、格式化、功利化、扁平化、快餐化、碎片化了的残缺感受力和理解力，而以更深的灵性和更圆融的智性，去领悟这篇杰作的"弦外之音""言外之意""韵外之致""篇外之趣"，去感应那"神秘力量"带给心灵的微妙触动和持久战栗。

重读古典诗文杰作，我们在被触动、被感染、被熏陶之余，也联想到如今铺天盖地的文字帖子和诗词帖子，何以深湛隽永、直抵心灵的真正杰作却寥若晨星，难得一见？

这不只是技巧问题、修辞问题、语言问题，而更主要是精神质地的问题和文本内涵的问题。如今滚滚如大江流水般的写作者和写手，有多少人有自己所笃信的精神信仰和心灵方向？信仰缺席，必然导致心灵贫困；心灵贫困，必然导致哲学荒芜；哲学荒芜，必然导致美学浅陋——而这一切，又必然导致灵性的遮蔽和灵心的枯萎，灵性和灵心不存，则何来诗心、诗感？没有诗心和诗感，又何来诗情诗意？

而多数写作者和写手所操持的语言，也多是流行语言、时尚语言和网络语言，很多写诗弄文的，灵心本就干瘪残缺，诗心本就浅陋荒芜，残存的那似是而非的一勺半杯所谓诗情，似乎温吞却又近乎冰凉，再用这种大路货语言、被污染的语言、在垃圾堆不远处回收积攒的俗滥的毫无灵性和表现力的语言，去堆积码砌拼凑粘接，还想拼凑出个惊世力作或传世杰作——哈哈，这怎么可能呢，指望用垃圾堆里或垃圾堆附近回收的垃圾语言，任怎样的天才，又如何能撑起作为文学中之文学、语言中之语言、高峰上之高峰的诗歌——这精灵般的美好文体，这崇高的语言圣殿呀？

因此，如今，在纸上，在网上，在手机上，在无穷无尽的流行帖子、鸡汤帖子、诗歌帖子的围追堵截中，我们感受到的却是诗意的贫困，诗歌的没落，和诗人的集体失踪！我们或许看见或听说过许多据说很著名、正在努力著名和即将著名的诗人，我们却一直没有见到著名的诗篇和伟大的诗篇。

当此之时，我们不妨重新返回经典的阅读和古典的阅读，走近古圣先贤的心灵世界和诗意乾坤，体味他们的诗心、诗情、诗意和诗境，沐浴古时的晨光落照和灵性点化，重建我们的灵性世界和诗意乾坤，找回我们对诗、对心灵生活、对语言的那种初恋般的感觉和那份深情认领……

心中的月亮

在宇宙无穷的星海里，月亮是唯一向人类袒露的芳心。除此之外，再没有第二颗星球如此贴近我们的心灵。

月亮是人类的精神情人、心灵伴侣和诗意源泉，是人类的美育导师，数千年来，她孜孜不倦地对人类进行审美教育和心灵熏陶。

月亮陪伴我们劳心劳力，月亮同情我们受苦受难，月亮喜欢我们重情重义，月亮引领我们向善向美。

中国人的心里，都有一颗高洁的月亮，那是诗意的月亮，文化的月亮，亲情的月亮。

月亮塑造了中国人的文化和心灵。

——题记

一

在我们出现之前，月光已等待多年了。

当我来到世间，首先看见了母亲，接着就看见了月亮，月亮也看着我，我们彼此都感到相逢的惊讶和惊喜。在我们的一生里，被我们注视最多，也总是在注视我们的，就是这离我们不远不近的月亮。

月亮是我们永恒的邻居、朋友、知己和恋人。

我收到的第一封情书，是月亮投寄给我的，从方方正正的窗格递进来，方方正正地放在窗台上，静静地等我拆阅。

捧起，是月光，是读不完的深意。

此后多年，我一直保持着靠窗夜读、睡眠的习惯，我总能随时收到月光的素笺。

这是时光寄给我的情书。我一封封细心收阅和收藏着，却从来没有写一封回信。我不知道，这是否也是一种失礼和辜负？

虽然我心有不安，月亮却一笑了之，它照旧走着它的天路历程，照旧投递着一封封信件，放在窗口、路口，有时就放在我的心口。

月亮有着包容万物的胸襟。

是的，月亮是上苍向人类袒露的唯一的一颗芳心。试问，除了月亮，在宇宙无穷的星海里，你还能找到第二颗如此贴近我们心灵的天体吗？

这体现了上苍对人类的最大信任和期待。这颗高贵的、冰清玉洁的心，就交给你们了，人子啊，你的心，要与天上那颗心同样的晶莹、皎洁才对称、般配。

上苍完全可以不给人类配备这颗月亮。它若给你配备一颗昏暗的扫帚星（灾星）悬在头顶，你又能把它怎样？

看来，在精神境界方面，上苍是有很高标准的，它安排给你一颗月亮，同时暗示你要有一颗清洁的心与之般配。上苍也讲究精神境界的门当户对。

昼有日神化育，夜有月神做伴。每当想到地球竟有这样一个美好的芳邻，每当想到我们短暂的一生竟有这样一位高洁的朋友，这是何等奇妙？我们何其有幸？自然之神别出心裁的设计，宇宙中这种不可思议的壮美秩序和充满精神暗示的物质结构，以及人在如此神奇的宇宙中所处的位置和所蕴含的真谛——我们越是往深里想，越是从内心深处涌出一种感叹、感念和感恩之情。

二

人类基本没有辜负上苍的苦心，没有辜负月亮的芳心。

自古以来，那些杰出诗人，可以说都是月亮的至情恋人，他们生来注定要和月亮发生一场感天动地的恋情。月亮向他们倾注了最丰盛的光华，他们也把最皎洁的情思献给了月亮。他们一夜夜在月光里漫游、浩叹和吟哦，他们一生都在月光里漫游、浩叹和吟哦。他们的笔一旦触到月光，就显得特别多情、温情和深情，无不诗思泉涌，佳句联翩，那些伟大优美的诗篇，就是他们写给月亮的情书。屈原、张若虚、李白、杜甫、李贺、李商隐、苏东坡、辛弃疾、张孝祥、柳永、李清照……都是月亮的忠实恋人，都把最优秀的诗篇留在月亮的记忆里，就如同把珍贵的钻石戒指戴在恋人的手指上。假若把写月亮的诗从文学史上抽掉，文学的天空、人类精神的天空就会顿时黯淡下来。

月亮是人类的精神情人和心灵伴侣，是引领我们上升的永恒女神。她不大在乎世俗的闺阁之乐和肌肤之亲，始终和人类保持着柏拉图式的恋情。她给予人的是心灵上的抚慰，是想象中的天堂的显像和演示，是我们常常向往的那个更完美的彼岸世界的动人投影。她唤起的不是占有的冲动，她唤起的是我们内心里神性的冥思和诗性的遐思，是人对有限尘世之外的无限时空、无边幻象、无穷命运的无尽惊奇、遥想和敬畏，是人对短暂人生之外的永恒精神生命的崇拜和憧憬。这极大地丰富了人的内心情怀，极大地净化、美化甚至神圣化了人对宇宙万物的情感态度，使人在面对现象世界的时候，不仅仅只有实用主义态度，而且懂得以超越和敬仰的态度面对万事万物，懂得以空灵的情怀与天地精神往来，与万物进行深妙的心灵交流。

就这样，月亮将人的美感和想象提升到天空的深邃、广袤、崇高和超验的境界。月亮既是一个兼具温婉之美（优美）和崇高之美（壮美）的审美意象，同时也是一个伟大的美育导师，数千年来，她孜孜不倦地对人类进行审美教育和心灵熏陶。凡有人的地方，都有月光在静静地跟随、诉说、感染和渗透；凡有月光的地方，都有被抚摸、被雕塑的人的身影，都有被照亮、被提炼或被融化的心灵，那多半是比平时更好、更清澈的心灵——被月光洗礼了的人的心灵，更接近人本来应该有的心灵，那是有着神的属性的人的心灵，那是洗净了尘垢变得至真至纯、感通万物的赤子之心、天地之心。

在如此美好的月光里，若是出现邪恶的阴影和污浊的灵魂，那就太不可思议了。人啊，你辜负了这么好的月光，你也辜负了你自己，你为什么就不能让你的灵魂里多一点月光呢？你为什么就不能变得可爱一些呢？

在月夜里，我们应该以手加额，对着天上的水晶宣誓：我们不是欲望的可怜囚徒和奴隶，我们是崇高精神的信仰者和朝圣者，只有皎洁的人心，才配面对月亮的芳心。

三

我们对初恋、友谊、亲情，对超验领域的顿悟，对诗意情境的感念，对种种难以忘怀事物的记忆，其实，很多时候是对月夜和月光的记忆。在如水月光里，走过我们以及紧随着我们的身影，这时候，我们既是真实存在也是梦中幻象，既是地上的人也是天上的神，世界在双倍地接纳我们和拥抱我们，我们也在双倍地经历世界和经历人生。刻骨铭心的欣悦和刻骨铭心的忧伤，多半发生在有月亮的晚上和有月光的地方。月亮对我们的紧紧跟随和默默注视，使凡尘间发生的事件都有超凡的意味，有月亮在场，有月亮代表天空和宇宙在看着我们，这就意味着整个宇宙都在场，整个宇宙都在看着我们。于是，在我们身上发生的事件就超越了我们自身，而有了宇宙学的神秘意义。就这样，月光无限地延展了我们生命的版图和心灵的幅员，我们的欢乐和悲伤，都是有着宇宙规模的欢乐和悲伤。

初月、斜月、弯月、上弦月、下弦月、圆月、缺月、明月、暗月、淡月、素月、暖月、寒月、落月、冷月、皎月、新月、残月……月亮不停地变换着形象，不停地用时间之刀切割自己，用天地之色晕染自己。这位美学大师，我们心灵的牧师，她几乎穷尽了自己可以扮演的各种意象，来为我们直观地暗示宇宙的阴晴圆缺，命运的阴晴圆缺，内心的阴晴圆缺。即使她暗示给我们的是高深的哲学，有时竟是虚无的哲学，而她采用的方式依然是美学的，即使是虚无，因了美的濡染渗透，也有了饱满的内涵和值得领悟的意味。

四

当我打开一本古书，或一卷古诗，书页轻轻响动，我知道，我是惊醒了保存在文字里的遥远年代的某个夜晚的月光，以及月光里的心跳和呼吸，它们，在今夜，在大致相同的月光里，又活了过来。

当我在祖先留下的古井里打水，像父辈那样虔敬地弯下腰，缓缓放下系着井绳的水桶，哦，你知道我看见了什么吗？一弯皎月，藏在水里静静地等我打捞。哦，多少情感，多少记忆，多少藏在低处、深处的生活的秘密，都在等待我们放低身子，怀着谦卑的心，去仔细打捞。打捞，因而是一项没有止境的美好工作。唯一的人生里，可以打捞出无数的细节；就像唯一的月亮，却有着无尽的月光。

我看见连夜收获庄稼的人们，同时也收获着饱满的月光；我看见连夜播种的人们，翻开的土里也种下了来自天上的古老种粒；我看见连夜沉思的人，月光汹涌在他的额头，引发着他思想的海潮；我看见连夜赶路的人，他不应该感到孤独，他的头顶就有一个连夜赶路的独行侠；我看见那个连夜讨要的流浪汉，人间有不幸，但也不缺好心，连月亮也加入了救助的行列，他伸出的手里，捧回了另一个人手上的温度，也捧回一小捧月光……

哦，月亮陪伴我们劳心劳力，月亮同情我们受苦受难，月亮喜欢我们重情重义，月亮引领我们向善向美。

五

夜里，当我走出门，经常与月亮撞个满怀，而这样的情景，我想，孔夫子有过，庄子有过，陶渊明有过，李白有过，杜甫有过，苏东坡有过，我的先人们都有过，世世代代的人们，都曾经与月亮撞过满怀。那与我们面对面撞上的，永是同一个月亮。这使我对死亡这个绕不开的问题有了别样的理解。其实，死去的和活着的人们，是同样的一群人，在月亮眼里，大地上只有明暗交替的身影，真正的死亡根本就不曾发生。

即使死了又如何呢？月亮绝不会人走茶凉，绝不会抛弃和遗忘那苦恋了她一生的忠贞恋人。百年之后，即使我变成细小的尘埃，即使我悬浮在太空，月光也会摊开她宽阔的手掌，轻轻地托起我，托我于宁静的天庭；即使我沉落于地下，月光也会夜夜赶来看我，坐在我小小的灵魂上，让幽暗的大地，渐渐显露水晶的光芒……

六

在我出现之前，月光已等待我多年了。

在我消失之后，月光仍然准时出现在一切地方。

在每一条路途，月光都先我们一步，提前走在路上。

在每一个窗口，都有月光亲手投递的秘密情书，只是，多少人竟无心收阅，却甘愿被噩梦绑架，来自天上的饱含深意的暗示，就这样丢失了。

在每一片水面，因了月光的反复流连、沉浸，即使再浅的水都有了不可穷尽的深度，有了正在形成的珍珠和宝石。

在每一个墓地，月光都静静地为死者扫墓，与风中行走的灵魂谈心。由此我相信，死者也有自己的生活，那是更神秘的生活。

在每一个社区，月光都均匀地分布，体现了平等、公正的天意，即使穷人的房子，在月夜里，也悄悄换上了天堂的屋顶。

在每一个山顶，月光都不知疲倦地连夜向这里运送和堆积纯银，仿佛在这圣洁的峰顶，人和神就要会面了，人的德性将要升华到苍穹的高度。

七

有月亮在，这个燥热的世界就不会持续疯狂，月光是永不失效的清凉散，月亮是夜夜免费出诊、走遍万水千山的赤脚医生，她最擅长的医术是救治狂躁症、贪婪症、夜盲症，她随身携带的清凉散，一次次敷在我们身上和心上，让我们内心清澈，魂魄安宁，视野开阔；她给我们的医嘱，是如此简洁：安静、安详些吧，最终，你并不能带走一片月光。

有月亮在，这个不公的世界就不会彻底不公，每一个人的身上和心上，至少还均匀地享有一份月光。即使再崎岖的人生，即使再乖僻的命运，只要打开门窗，月亮，这位没有任何架子、没有任何官阶、没有丁点势利眼的伟大朋友，就会立即从三十八万公里之外的天国迅速赶来，走进柴门寒舍，谦卑地伏在地上，伏在你生活的屋檐下，将你晦暗的墙壁和心灵，一点点刷亮。

有月亮在，这个不洁的世界就不会变得更加肮脏，因为，至少，我们的头顶，还有一只干净、温润的掌心，在抚慰我们，在为我们压惊和止痛，在为我们拂拭尘埃，在为我们修补残破的天空。

八

我常常在月夜里漫游，面对满地纯银的月光，竟不忍踩踏，生怕污损了这从天上飘下的心灵白雪；有时，我沉浸、纠结于对人世的心疼、忧患和祈愿，当我从苍凉的心境里抬起头，久久地仰望星空，仰望月亮，望着，望着，就觉得和我面对面互相凝望着的，不只是上苍胸前佩戴的一枚水晶，那更是上苍为我们保管的、照彻天地的不朽良心。

我无数次虔敬地俯下身子，却总是无法用双手把满地的月光捧起来。

我是多么想掬起一捧月光赠给你啊。

第六辑

与天地精神往来

人生的最高欣慰和快乐，来自心灵的感动，当我们向万物敞开怀抱的时刻。

我们为什么活着

看见雪，我就情不自禁地感到自己的不洁和浑浊；把自己的全部情感和意识集中起来，能提炼出一朵雪的纯洁和美丽吗？不忍心踩那雪地，脚上的尘埃玷污了它，记忆里就少了一个干净的去处。

从一棵古树下走过，总是感叹和敬畏。它从古代就站在这里，它在等待什么呢？它这样苍老，深深的皱纹，让人看见岁月无情的刀刃。它依然开花、结果，依然撑开巨大的浓荫。不管有没有道路通向它，它都站在这里，平静而慈祥，像一个古老的、圣者的微笑。

是一棵树就撑起一片绿荫，它所在的地方就变成风景，风有了琴弦，鸟有了家园，空旷的原野有了一个可靠的标志。我生天地间，真比一棵树更有价值吗？我能为这个世界撑起一片绿荫，增添一处风景，能成为旷野上的一个可靠的标志吗？

一棵小草，也以它卑微的绿色，丰富着季节的内涵；一只飞鸟，也以它柔弱的翅膀，提升着大地的视线；一块岩石，也以它孤独的肩膀，不顾风化的危险，支撑着倾斜的山体；一条鱼、一粒萤火、一颗流星，都在尽它们的天命，使无穷的大自然充满了神秘和悲壮……

人是什么？人活着的价值究竟是什么？我们天天吃饭（包括吃山珍海味），除了少量被身体吸收，大部分都变成肮脏的排泄物；我们天天说话，口中的气流仅能引起嘴边空气的短暂颤动，很少能感动别人也感动自己，话，基本上是百分之百白说了；我们天天走路，走到天边甚至走到天外的月球，我们还得返回来，回到自己小小的家里；我们夜夜做梦，梦里走遍千山万水，醒来才发现自己仍然躺在床上……那么，人活着的价值究竟是什么？

我活着，全靠自然、众生的护持和养育，我这一百多斤的躯体，从头到脚，从里到外，浓缩了大自然太多的牺牲，浓缩了人类文明的太多恩泽。这皮鞋皮带，令我想起那辛苦的耕牛；这毛衣毛裤，让我遥感到另一个生命的体温；这手表，小小的指针有序地移动着，其微妙的动力当追溯到数百亿年前大宇宙的神秘运作，以及当代的某几双全神贯注的可敬的手；这钢笔、这墨水、这纸、这书籍、这音乐、这萝卜青菜、这白米细面、这煤气灶、这锅碗、这灯光、这电脑、这茶杯、这酒……我发现，这一切的一切，竟没有一件是我自己创造的！全部是大自然的恩赐和同胞们的劳动。我占有的、消耗的已经太多太多了。为了我文明地活着，历史支付了百万年刀耕火种、吞血饮雨的昂贵代价。为了我快乐地思想，太阳、地球、动物、植物、矿物以及整个宇宙都在没有节假日地忙碌着、运作着。为了我舒畅地呼吸，大气层、河流、海洋、季风、森林、三叶草以及环保站的工人，都在紧张地酿造着守护着须臾不能离开的空气……

天大的恩泽。地大的爱情。我享用着这一切，我竟不知道努力回报，却常常加害于我的恩人们：我投浊水于河流，我放黑烟于天空，我曾捕杀那纯真的鸟儿，我曾摧折那忠厚的树木，我曾欺侮赐我以大米蔬菜的农民大伯，我曾鄙视赐我以清洁清新的环保工人……

我一伸手，一张口，就享用着大自然，就占有着无数人的劳动成果。即使我躺在床上，不吃不喝，我也在享用着。我至少在享用这木头制成的床以及这棉被毛毯（而这都不是我创造的），我同时也在享用这和平宁静的环境（而此刻守边的军人正穿越一片丛林蹚过一条冰河）……

享用着。几乎是时时刻刻日日夜夜地享用着。享用？难道人活着仅仅是享用？不是享用？那么人活着的意义究竟是什么？

以真诚的感恩去回报大自然的恩泽。

以加倍的创造去回报同胞们的创造。

于是，感恩和创造，就成为人生最动人、最壮丽的两个主题。

于是，我听见万物都在默默地启示我——

蚕说，用一生的情丝，结一枚浑圆的茧吧；

树说，为荒凉的岁月撑起一片绿荫吧；

煤说，在变成灰烬之前尽量燃烧自己；

野花说，让你的生命开一朵美丽的花……

心　说

人安静下来，就能听见自己的心跳。

在一间空屋里，唯一陪伴你的，是你的心。

这时候，你比什么时候都更加明白：你什么也没有，只有一颗心。

不错，还有手。但手是用来抚摸心跳的，疼痛的时候，就用手捂住心口；有时候，我们恨不能把心掏出来，捧给那也向我们敞开胸怀的人。

不错，还有腿。但腿是奉了心的指令，去追逐远方的另一颗心，或某一盏灯光。最终，腿返回，腿静止在或深陷在某一次心跳里。

不错，还有脑。但脑只是心的一部分，是心的翻译和记录者。心是大海，是长河，脑只是一名勉强称职的水文工作者。心是藏书丰富的图书馆，脑是它的读者。心是浩瀚无边的宇宙，脑是一位凝神（有时也走神）观望的天文学家。

不错，还有胃、肝、肾、胆、肺，还有眼、耳、鼻、口、脸等。它们都是心的附件。我们不要忘了，狼也有肝，猪也有胃，鳄鱼也有脸。但它们没有真正意义上的心——因为，它们没有信仰和深挚的爱情。

我们唯一可宝贵的，是心。

行走在长夜里，星光隐去，萤火虫也被风抢走了灯笼，偶尔，树丛里闪出绿莹莹的狼眼。这时候，唯一能为自己照明的，是那颗心。许多明亮温暖的记忆，如涌动的灯油，点燃了心灯。心是不会迷途的，心，总是朝着光的方向。即便心迷途了，索性就与心坐在一起，坐成一尊雕像。

我有过在峡谷里穿行的经历。四周皆是铁青色的石壁，被僵硬粗暴的面孔包围，我有些恐惧。仿佛是凿好了的墓穴，我如幽灵飘忽其中。埋伏了千年万载的石头，随便飞来一块，我都会变成尘泥。这时候我听见了我的心跳，最温柔最多汁的，我的小小的心，挑战这顽石累累的峡谷，竟是小小的、楚楚跳动的你。

在一大堆险恶的石头里，我再一次发现，我唯一拥有的，是这颗多汁的心。我同时明白，人活着的意思究竟是什么——在一堆冷漠的石头里，尚有一种柔软的东西存在着，它就是：心。

我们这一生，就是找心。

于是我终于看见，在峡谷的某处，石头与石头的缝隙，有一片片浅蓝的苔藓，偶尔，还有一些在微风里摇曳得很好看、很凄切的野草。

我终于相信，在峡谷的深处，或远处，肯定生长着更多柔软的事物和柔软的心。

这世界有迷雾，有苦痛，有危险，有墓地，但一茬茬的人还是如潮水般涌入这个世界，所为者何？来寻找心。这世界只要还有心在，就有来寻找它的人。

当我们离别时，不牵挂别的，只是牵挂三五颗（或更多一些）好的心。当我能含着微笑离去，那不是因为我赚取了金银或什么权柄（这些都要原封不动留下，这些东西本来就是些嫁鸡随鸡嫁狗随狗的东西），而仅仅是，我曾经和那些可爱的人，交换过可爱的心。

奇怪，我看见不少心已遗失在体外的人，仍在奔跑，仍在疯狂，仍在笑。

仔细一看，那是衣服在奔跑，躯壳在疯狂，假脸在笑。

"良心被狗吃了"是一句口头禅了。只是我们未必明白，除非你放弃或卖掉心，再多的狗也是吃不了你的心的。是自己吃掉了或卖掉了自己的心。人，有时候就是他自己的狗。

守护好自己的心，才算是个人。

这道理简单得就像 1 + 1 = 2。但我们背叛的常常就是最简单的真理。

有时候回忆往事，一想起某个姓名就感到温暖亲切，不因为这个姓名有多大功业多高的名分，而仅仅因为这个姓名是一个好心的人，一个真诚的人，一个慈悲的人；有些姓名也掠过记忆，我总是尽快将它赶走，不让它盘踞我的记忆，这样的姓名令人厌恶，不为别的，只因为拥有这个姓名的那人，他（她）的心不好，藏满了仇恨和邪恶。

我们对一个人的评价，乃是对他拥有的那颗心的评价。

心大大地坏了的人，怎么能是好人。

"圣人""贤人""至人"，这些标准似乎都高了一些，不大容易修行到位。

那就做个好心人吧。

人生一世，草木一秋。做个好心人，有一颗好的心，这就很好。

目　光

据说目光是有质量、有重量的，也是有湿度、有温度的。我经常体会着目光落在身上或心上的，那种灼烫感、尖锐感、潮润感、温暖感、压迫感。

我想，我们生命的重量，当然不只是身体的重量，在这方面，我们的朋友们很多都强过我们，比如猪、牛、马、驴，海里的鲸、森林里的大象，等等。常常，我们精心喂养一生的身体，到头来很可能不够一个大型动物的重量的零头。

但我们并不觉得自己一生的饭白吃了，人白活了。我们觉得自己的一生虽然谈不上轰轰烈烈德高望重，但还是积攒了一些东西的。

积攒了些什么呢？情感？故事？思想？伤痕？记忆？

这些都是，又不都是。

依我看，我们积攒的，主要是一些目光。

当我们记起某种情感时，回忆的筛子就在意识的深海打捞起一缕一缕目光，于是我们记起了目光后面的某一双眼睛，温柔的，潮湿的，或热烈的。

当我们记起某些往事时，未必能搜索到具体的场景和情节，事件已经淡成云雾，但是，隐约在事件上空的那些目光，往往如同闪电，已经扎根在过去的夜幕上。

当我们记起某个思想时，总是在一个眨眼的瞬间，一眨眼，突然眼前亮了，心中的某个角落亮了，精神的某个房间亮了，于是我们重新进入这个思想，并被这个思想照亮。为什么一眨眼间，就重逢某个思想？那是因为，一眨眼间，我们的眼睛记起了某种目光，沉思的、焦虑的、顿悟的、狂喜的、澄明的。而那思想，正是由这样的目光浇铸而成。

为什么我们记起某些往事时，心上和身上会有温暖或滚烫的感觉？那肯定是我们的体内，存放着温暖或滚烫的目光。

为什么我们记起某些场景时，心上和身上会有被碎玻璃扎伤的感觉，甚至会有锥心锥骨的感觉？当你锁定这些场景，在深处找寻，一定能找到几束凶狠、敌意的目光，或者找到几缕失望、忧伤、悲凉的目光。从这些目光，你会想起谁让你受到伤害，你又让谁受到伤害。

我见过多少人？几十年下来，恐怕也有几十万上百万人次了吧？以一天平均相遇五十人计算（包括旅行，那每天匆忙相遇的人数不下数万），四十余年里，少说也有近百万了。这么多人我是怎么与他们相遇的？还不就是目光，彼此投递的目光，匆忙浏览的目光。是的，大部分的人，我们都是彼此匆匆浏览一下，一闪而过，并不细读其形貌，更不知其命运，就那么擦肩而过或擦目而过，一别永恒。而能留在记忆里的，不过是那些欣赏的目光、柔软的目光、关切的目光、智慧的目光，当然也有那恶意的目光、冷漠的目光。这些目光，或者抚慰了你，或者伤害了你，它们，像流星雨或火山灰，都存储在你内心的岩层里了。

同样，几十年下来，我见了多少生灵？从童年第一次看见鸡、猪、狗、猫、麻雀、燕子，我这半生里见过的各种生命，恐怕已经成千上万了。在这成千上万的生命里，留在记忆里的，或者说在记忆里藏得最深的，还是那些与我交换过目光的生命。比如，我与猫交换过疑惑的目光，纳闷它何以成为鼠的死敌，于是我记住了那只黑猫；我与蛇交换过神秘的目光，它在漫长的冬眠里究竟梦见了什么，穿行于

212

幽暗的林子，它对这个森严的世界有着怎样的观感？于是我记住了那条菜花蛇；我与狗交换过友好的目光，狗不乏生存的智慧却必须效忠人，才能度过委屈的一辈子，我对它怀着同情，它对我示以友好，于是我记住了那只白狗；我与牛交换过怜悯的目光，它活着必须拉犁负重，吃的是草，挤出的是奶，死了，还要向人交出骨头交出肉交出皮，我身上有牛皮带牛皮鞋，我书桌上有牛的犄角，粉身碎骨的牛，就这样进入我们的身体和生活。人与牛的不公平契约，是谁主持签定的？牛，这忠厚的生命，何时才有出头之日？而牛对我的不解报以不解，它流着泪的眼睛善意地打量我，它对它的伤害者，却没有仇怨，只感恩于他们放牧了它，正由于牛和其它生灵对人的大度和宽恕（也许是无可奈何），人才渐渐壮大起来，但是我希望人有一天能够真诚地向牛、向其它被伤害的生灵，深深地鞠躬并深深地忏悔。与牛曾经有过这伤感的交流，于是，我记住了那头黑色的母牛；我与大槐树上的花喜鹊交换过问候的目光，它的窝一次一次被人捅了，但它一次又一次返回来，重新筑窝，重新与人们亲热地拉家常。我劝说了我的父亲，他不再用长竹竿捅那个简单的鹊窝，想一想，它也有一家子啊，那就是它的全部家当啊，它活得比咱们还不容易啊。我制止了上树捉鹊的猫，希望它改变吃里扒外的毛病。喜鹊的窝保住了，它一家子天天向我们报喜，即使在阴郁的日子里，它也能给我们带来一点喜气，它大约凭它的灵性知道是我呵护了它，它一见到我，总是用喜悦的语言，让我的心充满喜悦，而且有好多次，我近距离看见了它喜盈盈的眼睛。在自然界的众多生灵中，喜鹊，大约是最有佛性的，它对世界，总是怀着慈爱心、欢喜心，它的目光，是雨后天空般的单纯和善良，于是，我永远记住了我家门前的那只花喜鹊……

随着岁月的流逝，人一天天老下去，身体的重量却一天天轻下去，然而，身体老了轻了，我们的生命却反而越来越沉重，这是为什么？

那是因为身体内部，在那看不见的记忆的岩层里，收藏着、沉积着层层叠叠的目光。

目光的重量，远远大于我们的体重。其实，我们的身体，我们身体里面的那颗心，正是收藏和储存目光的库房。

颗粒归仓，一生遭遇的各种目光，都存进心的仓库了。

所以，当我们老了，越来越轻的身体里，却感受到越来越多的沉重，那些好的目光，如宝石珍珠，存放在内心最重要的房间，我们经常于静夜抚摸它们，回味它们，被它们再次照拂着，同时又为无法再次回到那些眼睛面前，表达谢意和敬意，而感到遗憾和痛心；而那些不好的目光，恶意的、冷漠的，虽说时间已稀释了它们的分量，然而记忆还是时常被它们袭击，就如同跋涉过水深火热，双腿乃至浑身的骨头难免被风湿性疼痛折磨。我们的身体和心灵，比我们的理性要精确得多，理性接纳了的，被理性过滤掉的，身体和心灵都悉数收藏，而且原汁原味原质。假如你能勘探你身体内部的江河湖海和崇山峻岭，你将惊异它浩瀚的沉积和收藏，而藏得最深，保鲜保真最好的，正是那一脉脉、一束束、一道道目光。

我们的体重之外，更多的，也更重的，是身体内部储存的目光的重量。

人生的质量，除了身体的质量，更主要的是身体内部储藏的目光的质量。

圣人体内，一定存放着高质量的目光，这样的目光，如水、如雪、如虹、如星、如月，如细雨、如纯棉、如黑夜的灯，如冬日的炉火，如妩媚的青山，如雨后的草叶，如深夜天河那浩瀚的注视，如月光里展开的大海那深邃的沉思和悲悯，如闪电穿过长夜又谦卑地消融于长夜……我读《论语》、读《庄子》，读佛经，读列夫·托尔斯泰，我都读到了一束束目光，他们眼睛里的目光，以及他们内心里储存的目光。

圣人从目光的丛林里走过，从生灵的泪雨血河里蹚过，他们的眼睛望见了苦海深处的消息，望见了生存莽原上伤痛的背影，同时，他们的眼睛又与长夜远处星空高处某个神圣的目光对接，于是，一种深达海底又高接星辰的伟大心胸展开于他们体内，一种半人半神的目光，发自于人的内心却蕴藏了宇宙般深广思想和爱意的目光，终于降临世间。

于是，我经常问自己：

你的体内该存放怎样的目光？你渴望收藏的那些好的目光是在陆续凋零，还是在陆续生长？你如何在紫外线和有害射线频频伤害的大地上，捕捉并珍藏那些美好的光线？穿过日渐破败的森林，你怎样寻找种子那暗淡的目光，在长久地与它对视之后，你是否播种它，并祈祷在雨过天晴的早晨，你看见一株嫩芽，噙着泪珠，表达着胆怯的希望？于是，你重新确认，备受欺凌的大地并没有掉头远去，她仍在这里，她用伤口做眼睛，辨认着那些再次向她走来的人们，向她投来怎样的目光？

我又该向生活、向历史、向覆盖着坟墓、殒石和青草的土地，投去怎样的目光？我该向瘦瘦的溪流、细细的泉眼投去怎样的目光？你看，那朵小小的芨芨草花就要开了，仿佛一点粗暴的声音都会让它熄灭，我该怎样以温柔的目光注视它那仅有几分钟的童年？无家可归的燕子，怯怯地降落我的阳台，怯怯地，以公元前的方言试探我的心思，试探我对春天的态度，我该用怎样的目光，问候它或冷落它，欢迎它或拒绝它？我该向那在泥泞山路上跋涉的身影，投去怎样的目光？我该向那在垃圾堆里、在文明的边缘地带徘徊的流浪汉投去怎样的目光？我该向那被不公的命运、被贪婪的资本和权力剥夺得一无所有、孤苦无告的穷人，投去怎样的目光？我该向雨夜里明灭的沉思的灯火，投去怎样的目光？我该向一直在黑夜的最高处凝视我的那些神圣的星星们，投去怎样的目光？我该向那一天一次大出血、每一天都怀抱爱的火焰而死去的壮美的夕阳，投去怎样的目光？我看见我的不远处安静地站立着的那棵柳树，它的每一根手指都在传递一种古老而单纯的情思，它嫩绿的眼神，那点化过诗经、照拂过唐诗、抚慰过宋词的眼神，又投递到这僵硬的水泥地板上，投递到被电线缠绕被塑料包装了的生活身上，投递到被商业操纵被数字组装被技术复制的文化身上，投递到我落满紫外线落满尘埃落满高分贝尖叫声的我的小小的身体上和心上，那么，我该向它投去怎样感恩的目光？

是的，我收藏着来自历史、来自自然、来自生活、来自人群的各种各样的目光。

同时，我投出去的目光，也将被收藏，被某棵树收藏，被某朵花收藏，被某条河收藏，被某盏灯收藏，被夜半的某颗星收藏，被近处或远处的某个灵魂收藏。

就这样，我们的目光，改变着白昼的光线，也改变着夜晚的品质，甚至，或多或少地，改变着宇宙的质量……

善良的人才有心灵的花园

一

"善良"，善则良也，善的人是优良的人。反之，"恶劣"，恶则劣也，恶的人必是劣质的人。古人造词如此严谨周全，肯定是有感而发吧，他们也如我们一样，感受过善良带来的温暖和恶劣加给人生的伤害。

二

"善心""善意""善缘""善愿""善根""善行""善举""善言""善事"……围绕一个"善"字，从古至今，人们造了多少词，说了多少话，叙述了多少故事，写了多少书啊。人类的历史，也可以说是追求善良的历史。作为自然物种之一的人类，在长期的演化过程中，从生生不息万古长存的大自然里，从雄浑庄严无限神秘的伟大宇宙里，获得了感染和启示，不仅发现了笼罩万物并支配万物的"自然律"，也发现了激荡于人的内心深处、贯穿于人类历史进程并使之趋向和谐与高尚的那种感人的正义力量和精神本源，即"道德律"。自然科学探究的是"自然律"，人文哲学追寻的是"道德律"，即人类心灵的奥秘和道德的完善。道德的核心，就是"善"。人类的一切具有恒久价值的、高尚的思想、学说、事业、行为，都来自"善"。

善，是笼罩天地的正义，是抚慰宇宙的情感。有了善，人间才有了温暖，人心才有了慰藉，人生才值得一过——因为，在短暂的一生里，我们感受到天长地久的道义和情感。

三

"人之初，性本善，性相近，习相远"。古人的话基本是对的。现代基因理论也揭示了遗传和"天性"对人的潜在影响。但"性相近"是基本的事实，没有哪一个孩子不具备天真可爱的童心。关键是"习相远"，即后天的生存环境、文化环境、教育环境对人的性情、道德的引导和塑造，有的变好了，有的不那么好，有的变坏了。

四

善，是人之为人的根本，所谓"良心""真心""初心""芳心""本心""圣人之心""赤子之心""天地之心"，就是一颗善良的心。

如果把"善"从人心里抽走，人的心就变成"贪心""野心"；如果把"善"从人的意识里抽走，人的智力活动就变成了冷冰冰的算计和谋略，而没有了温情、挚爱和关怀。

古人把既充满智慧又饱含温情的心灵称为"慧心"，反之，那些对人对事充满算计、狡诈而阴冷的心则是"机心"。有慧心的人是君子，对人对事总怀着机心的人是小人。

古人也推崇淡泊、素朴、宽厚、仁慈的"素心"，而对那伤天害理、损人利己、贪婪邪恶的"祸心""奸心"，则不遗余力痛加鞭挞和贬斥。

五

孟子说，"仁"是人的心灵，"义"是人的道路。舍弃道路而不走，失去善良的心灵而不懂得去寻找，多么可悲！鸡和狗走失了，还懂得去找；善良的心丢失了，却不懂得去寻找。学问之道没有别的，就是把丢失的善良心灵找回来"（原文：孟子曰："仁，人心也；义，人路也，舍其路而弗由，放其心而不知求，哀哉！人有鸡犬放，则知求之；有放心而不知求。学问之道无他，求其放心而已矣。"）

几千年前的圣人告诉我们：丢失了善良的心，不善、不义、不仁和邪恶就会占有和怂恿人去危害他人和社会。这是很可怕，也很可悲的。但更可悲的，是人对其最可贵的善良之心的丢失，却不觉得可惜，不以为丢失了什么贵重的东西，反而习以为常，而对自家丢失的一只鸡一条狗，却知道下功夫寻找回来。善良的心，竟然不如一只家畜，这是怎样的本末倒置呢？

对人性的这种疾病，圣人开了处方：学问（包括教育）之道没有别的，就是把丢失的善良心灵找回来。

由此可见，人活着的一件大事，就是守住善良的心灵；一旦不小心丢失了，就赶快把它找回来；如果损害了这颗善心，就要好好修补、滋养。所谓品德和心性的修养，是既要修，也要养，修即修补、修正，养即养护、涵养。勤修常养，那颗善良、干净、美好的心，就如运行在我们生命内部的阳光，照亮我们的思与想、言与行、灵与肉，照亮我们人生的路程。

读书、治学、求道、信仰、教育、修行，其目的都是要把丢失的善良心灵找回来，把美德的源泉找回来。

六

一颗善良、宽厚的心灵，才会经常荡漾丰富的情感和爱意，并能随时发现和欣赏生活中、自然中的诗意和美感。

内心的丰富使一个善良的人时时有了对生活意味的丰富发现，这种发现反过来又使内心变得更加丰富——这就是善的增殖和循环。

善良使人的内心变得多汁多情多梦——假如人的心灵是有颜色的，那么善良的心灵该是翠绿的，像森林、像牧场；像覆满植被的青山——它给世界呈现的是生长的景象和希望的风景，而它自身也享用着生长的希望和喜悦。

一个真正善良的人总会被内心善的激情推动着，去尽力以点点滴滴的善行修补世界的缺陷，培育生存的花荫——他顾不得去恨谁，也顾不得留意谁在恨他，善推动着他也保护着他，生活中的恶反而伤害不了他——他在善的路上行走，偶尔袭来的石头和荆棘，不能改变和动摇他行走的方向，只是让他了解了路上的情况，恶，反而坚定了他对善的信念和忠诚。

七

善是精神世界的水土和植被，人的一切有价值的追求和事业，从这里得到滋养、庇护而得以生长。反之，恶是暴力和泥石流，它破坏人性的植被和心灵的水土，造成情感和道德的水土流失。恶泛滥的地方，留下心灵的伤口、精神的废墟、道德的戈壁滩。

善，是人类精神文明的核心和灵魂。伟大的宗教里，"神"的形象不过是最高的善的象征，寄托着人对彻底去除了诸恶，而将世间一切美德完全熔铸贯通的伟大人格和高尚生命境界的崇敬、追慕和向往；再高深的哲学，也是要通过形而上思辨引领人的心智深入精神世界的深海，达到对人的处境的彻悟，最终把人导向善良、智慧和觉悟；文学艺术除了审美功能，也有道德的净化和升华功能，即使审美，也是通过有意味的形式和意象，来震撼、感染、净化人，改变和深化人对生活的理解和感受，从而使人性趋向高尚、善良和美好。

八

"善有善报，恶有恶报"，人们总是怀疑着，觉得报应迟迟不兑现，因为生活中有许多似乎"不报"或"反报"（即恶人享福、好人受苦）的事实。

其实，"报应"是不能量化考核的，"报应"不是简单的投入和产出，你不能指望恶人作了恶就立即遭到雷轰电击、腰断骨折，好人行了善就马上逢凶化吉、天降甘露。报应不仅指行为和事物的结果，报应更存在于行为和事物运行的过程中，存在于人的内心体验中。一个作恶的人，不管他是否得逞，不管他是否最终受到惩罚，他作恶的过程，就是被恶的意念支配、绑架、扭曲、奴役的过程，也是被恶的毒素煎熬、毒害的过程。即使他真的作恶成功，并侥幸未被发现，他的内心也会变得地狱般黑暗、狰狞、恐惧。可见，即使"成功"的恶人，也绝对不会是幸福的人。因为真正的幸福，来自灵魂的丰盈、安宁、温润和喜悦。一个充满毒素、惶恐不安、暗无天日的灵魂，怎么会有真正的丰盈、安宁、温润和喜悦呢？

而一个怀着善心爱意的人，他从他的"善根""本心"出发去真诚地帮助一个人、救护一只鸟、爱惜一棵草，去做灵魂默许他做的一切或大或小的善事好事，在行善的过程中，他的灵魂已获得了纯洁的满足和喜悦，他并不需要来自过程之外的回报和奖赏，因为，行善的过程是一个美好的过程，而美好的感觉，就是心灵获得的最高奖赏和幸福。在这个过程中，人会感到做一个高尚的人的快乐。人性的最好本质在这个过程中得到了最大程度的实现，人会感受到一种来自心灵的深刻欣慰。

何况，在法治严明、见贤思齐的文明社会，恶会受到越来越多的抑制和惩罚，善会得到越来越多的推崇和尊敬。

所以才有智者这样说：上帝对坏人的惩罚就是让他做一个坏人，对好人的奖赏就是让他做一个好人。

做一个好人，自己感到美好，也让世界增加一点美好，是多么好啊。

九

高尚、仁义、慈悲、忠实、正直、友爱、贤淑、淳朴、厚道、勤劳、同情心……这都是被推崇和向往的美德。种种美德如优秀的植物，其绿荫庇护了我们，其芬芳感染了我们，其果实营养了我们。美德之根扎在哪里？扎在心里。而心灵的厚土，乃是善良。从这个意义上说，一切美德的源头乃是善良。凡称得上是美德的，首先是善的。

尊重人，同情并帮助弱者和不幸者，是善良。尊重一棵树，尊重一只鸟或一条狗，同情并帮助一只受伤的乌龟和失群的孤雁，也是善良。前者是对人的善，后者是对整个大自然和全体生命的善。这种无边界的善，是大慈大善，是大仁大义，是善的最高境界，即佛教所说的"无缘大慈，同体大悲"。这样的境界不容易达到，但它提示了人性升华的无限可能性。是每一个善良的人终生的功课。

十

"知易行难""说起来容易做起来难""坐而论道，何如起而行道"，古人既强调"闻道"，也强调"修道"，更强调"行道"，即人生的使命在于践行自己认同的真理和道德。这也告诉我们，懂得什么是善良很容易，在情感上、行为上、细节上落实善良就不那么容易了。"同情心"，是善良的美德之一，说说它，不过是纸上和嘴上功夫而已。你帮助过无家可归的流浪穷孩子吗？你舍得掏出身上的零花钱送给贫病交加的老人吗？你为故乡那条曾经清澈美丽却被严重污染的河流奉献过一勺清流吗？我这样问自己：从你的衣兜里还能掏出多少善良？

十一

呵护一个迷路的儿童并把他送回家，把一只不慎掉落的鸟儿捧起来放回树上的鸟巢，友爱地抚摸一只羊的瘦脸，翻书时同情地注视一粒在纸页间穿行的小小书虫，在原野上长久地凝望着一朵不知名的野花微笑，并认真地为它取一个温婉的名字，好像只有这样才对得起春天——你从这些小小的善意里，从对他人行善、对自然行善的过程里，体会着一种纯洁的幸福，没有人知道你为什么如此快乐，这快乐是小的，是秘密的，对于心灵，却是最贵重的。心灵经常享用这小的快乐、小的善良、小的秘密，心灵就丰富、柔软、温润了。每一个善良的人，内心里都有一座四季如春的心灵花园。

十二

　　道德似乎是伦理学的，但也是美学的，高尚的道德有一种动人的美感，所以叫"美德"。所以古人把那些心地善良、情操高尚的人称为"美人"——看来，美人不仅指有美貌的人，更指有美德的人。这样的"美人"多了，生活就充满了美感，人和人的关系就成了审美关系，我们彼此从对方身上领略心灵的风景和生命的意境，并感受到人生虽然短暂，虽然艰辛，但人生仍是一种奇迹，是一次值得感恩的情义之旅，因为它毕竟让我们在崎岖的岁月里，曾经与善良相逢，与那么多美好的人和事物相逢。难怪，伟大的马克思曾经说：美学是未来的伦理学。他说得多么好啊。

对一个垃圾堆的观察

我经常到城郊的沙滩散步，每一次都免不了要经过这个垃圾堆。我不回避垃圾堆，我住在与它并不遥远的地方，很难说我与这垃圾堆就没有关系。也许我的一部分生活，甚至很重要的生活，最后都归宿到这堆垃圾里。有一次我望着花花绿绿乱七八糟的垃圾堆竟走了神，一阵风吹着吹着就在垃圾堆里吹成了旋风。风旋转着，翻阅着，像在浏览人类业已流逝的生活。风把一些轻飘的东西卷起来，像在随手抛撒岁月的传单。一些旧报纸、旧文件、旧表格竟落到我的面前，我弯下腰低下头浏览它们，我的这种姿势好像是对已变成垃圾的这些纸片表示谦恭，其实仅仅为了浏览的方便，我不想再次把它们捧回手中。目光匆匆扫过那些过时的新闻、风干的语词、可疑的数字。它们曾经多多少少决定和影响着人们的命运，如今它们的命运掌握在风和拾荒者的手中。

我看见了一条领带，紫红色的，它曾经招展在谁的胸前？我看见好几帖膏药，它曾贴在谁的患风湿病、关节炎的身体，它是否找到了那隐隐疼痛或剧烈疼痛的岁月的穴位？我看见一个破旧手表，时针分针和秒针仍指着过去的时间，它们要把那个秘密的时刻一直守下去？我看见一双、又一双鞋，有大人的、小孩的、有男式的、有女式的，这么多的鞋曾庇护过多少脚，曾踩踏过多少路？我对那双大号的男式破皮鞋竟生出几分悲悯和尊敬来，与它相依为命的脚如今行走在怎样的路上？鞋里灌满泥沙，鞋底有几处已经断裂，穿这鞋的那双脚一定走过太多的泥泞和坎坷，我想象那双脚受过多少委屈以及道路对它的伤害。疲惫的鞋终于退出了道路，那双疲惫的脚也许仍在泥泞里，在深夜的陡坡上孤独跋涉。我在心里向那双我也许永远见不到的辛苦的脚祝福。

易拉罐、塑料袋、香烟盒、空酒瓶、废纸、废书、旧日历、烂菜叶……垃圾重叠着垃圾——如同这之前：生活重叠着生活。一些永不会见面的人们，通过他们生活的残迹，在这里见面了；一些永远陌生的生活在这里找到了相同的归宿；过程在远方缤纷地展开着，结局沉默地汇聚在这里；一些隐藏得很深的秘密在这里袒露无遗；许多貌似庄严的东西在这里自己嘲弄着自己；许多曾经卑微和被遗忘的命运在这里忽然照亮了我的眼睛，令我难过，令我牵挂。

在生活中，人们认识并经历着生活；在生活之后的垃圾堆里，是否也能认识并经历生活？我们生活着，创造着永恒的价值，也制造着无穷的垃圾。在垃圾堆里，我想象着一个活着的人和垃圾堆的关系，我想象着，生活中有多少内容将变成价值，又有多少内容将变成垃圾？

我看见垃圾堆里的煤渣，掩埋在废纸和塑料袋之间，燃烧过的煤仍然保持着固执的黑色，这是时间的颜色。我知道它在若干亿年前曾是绿色的树木，造山运动将它陷落地底，它变成了煤，后来它走出地面，它进入人的生活，它最终来到这里，成为垃圾的一部分——我忽然对它产生了敬畏，它有着如此伟大的身世，它让我看见了一个令我惊讶的事实：一点不起眼的垃圾后面，都站着一位地老天荒的神灵——时间。

诗意和美感的源泉

我理解，所谓写作者，就是内心里漾溢着丰沛的诗意又善于领略诗意、内心里充盈着美感又善于发现美感的人。写作，就是呈现诗意和美感的一种方式。

诗意和美感，在每一个人的天性和情感里都或多或少或强或弱或显或隐地存在着。

人，活在天地间，活在万物的怀抱中，活在无限苍茫神秘的宇宙中，也活在文化和历史中，活在对已知事物的感受中，也活在对未知领域的想象中，活在对生的感恩对爱的感动里，有时也活在对死的遐想中。

哲人说：活出意义来。

诗人说：人，应该诗意地栖居在大地上。

我想，诗意、美感，应该是我们活着的意义。当然，人活着，还有责任、义务、道德和事业。但我想，那些在日常生活中让我们感到诗意和美感的时刻，那些令我们陶醉、沉浸、升华的时刻，那些让我们变得纯洁、高尚、美好的事物，常常让我们感到活着的珍贵和可爱，每每在这时候，我们会感到活着的意味和意义。

人生的最高欣慰和快乐，不是在物质的追逐和满足中获得的。人，不过一百来斤的重量，在无穷宇宙面前无疑极其渺小，对物质的享用终归有限，而且，人在与物质世界进行能量交换的时刻，并不是人"最有意义"的时刻，因为我们知道，任何生物都能与物质世界进行能量交换。

人生的最高欣慰和快乐，来自心灵的感动，当我们向万物敞开怀抱的时刻，当我们与美好的人、美好的事物相遇并投去深情凝视的时刻，我们感到欣悦和幸福；有时，我们也会与痛苦的事物和不幸的命运遭遇，我们因此感受到世界的另一面，看到蓝色海水后面那幽暗的深渊，我们的生命体验由此获得深化，在对痛苦的感受和承担中，我们会在喜剧甚至闹剧后面，发现世界的悲剧本质和生命的悲剧美。我们同样会感到灵魂被净化后的深沉幸福，对人、对生命、对万物，我们会更多一些同情和热爱。

　　而所有这一切，都是因为我们发现了生存的诗意和美感。

　　诗意何处寻？美感何处寻？

　　中国古人说："外师造化，中得心源。"这里的"造化"即大自然，"心源"就是我们的内心世界。我们不妨把无边的大自然叫作"外宇宙"，把无边的内心叫作"内宇宙"。诗意和审美，即来自人的"内宇宙"和"外宇宙"相互吐纳、相互映照的时刻。

　　我凝视静夜的星空，星空也凝视我，星空也进入了我的内心，有限的我与无限的宇宙星空融为一体，我常常被一种"无限感"所震撼，这个时刻，我感到我与万物同在。与永恒同在，我的内心变得澄明浩瀚无际无涯。我的一本诗集《驶向星空》就记录了我的这些体验。

　　我常常漫步于山间、田野、林中、水畔，有时就静坐在溪水边或仰躺在树林里，看白云倒映于水面，耐心地洗涤着它们各种样式的衣衫，我的心也变得清洁透明；我从瀑布的声浪里感受到一种壮烈的情怀；我从画眉、布谷鸟的叫声里学到一种说话和写作的方式。这就是：率真和自然。我喜爱一切鸟，我觉得鸟语是值得推广的"世界语"；我爱青山，尤其是雨后的青山。宋代词人辛弃疾的两句词说出了我对青山的感觉。他说："我见青山多妩媚，料青山见我应如是"；我爱白雪，我爱虹，我爱夜空中的月亮，我爱蜻蜓和蝴蝶，它们是花和草的知音与伴侣，它们款款的影子，出没在大自然，也出没在古今中外的诗文里；我爱动物，牛马羊狗猫松鼠，世上没有卑琐的动物，你仔细注视，会发现它们的体态神情是那样美那样和谐，而它们目光中的忧郁和感伤，又令人同情，我常常痴想着，它们能与我交流一点什么，谈谈对生命的理解和对命运的看法；我爱一切植物，植物以它们无尽的绿色和果实美化了这个世界，也喂养了这个世界，我写过许多关于自然界的散文和诗歌（包括《山中访友》等），当我写自然界的任何事物的时候，内心里总是充满感动和感恩，一片落叶也会在我笔下呈现它亲切细密的脉纹，我像是看到了大自然的隐秘手相，甚至，一片雪，一声虫鸣。一阵雨打玻璃的声音，都会在我心底溅起情感的涟漪，我总是努力用语言挽留这些微妙的、深切的、诗意的时刻。每次写作，我总是打开窗子，眺望一会儿朦胧的远山，如果恰逢一声鸟叫，我的诗文便有了清脆生动的开头；如果在夜晚写作，我就先在空旷宁静的地方，仰望头顶的星空，聆听银河无声的波涛，宇宙无穷的黑暗和光芒便滔滔地向我的内心倾泻，我深深地呼吸着那从无限里弥漫而来的浩大气息，然后，我开始诉说，向心灵诉说，向人群诉说，向时间和万物诉说。语言被心中的激情和宇宙的浩气激活，语言行走和飞翔起来，语言有了只有在这个时候才有的动人的表情和语调，就这样，我的心，在语言的原野上走向远处和深处。每当这时候，我感动，万物和宇宙都参与了语言的运动。

对身体的感受和理解

人的身影：树的形象

我几乎要说人是一株树了。他的腿是树根，手是树枝，他的头发是树冠。他竟是不结果实的树吗？作为一株树，他与自然界的那些树相比，他该是多么贫困：既不能让鸟儿在其树冠上做巢，也不能撑起硕大的绿荫庇护别的生灵，也不释放氧气和芬芳清凉的气息，人，竟是这么一株荒凉的树吗？

如果仅仅这样，随便一棵树都有资格指责人：你是无用的。

而人有思想，人是会思想的树。

幸亏有思想，幸亏有思想的绿荫和果实，覆盖了人的历史。否则，随便一棵树都有资格指责人：你是无用的，甚至是有害的。

然而人有思想，有创造的智慧和爱的激情，人，因此有资格站在一棵树下或走进林中，注视树并被树注视，在存在的森林里，在喧哗的语言里，人的声音，仍是最有意味的声音。

人是一种树。他呼吸氧气，咀嚼食物，但他制造的并非全是废气和秽物。

人是一种树。他的最高成就，是向宇宙提供思想的氧气。

此刻，当我看见一位少女倚树而立，那么安静地与树站在一起，我心里说：她是一株多么美丽的树。

我想人这种树的另一成就，是应该向整个存在（不仅仅向人）提供爱的绿荫。

身体的社会学

我从你的身体读到整个社会。

你的头发早已脱落少半，秃顶，那寸草不生的地方是岁月的泥石流泛滥的结果，大规模的水土流失已经开始，害怕荒凉而荒凉正不可阻挡地降临。今天早晨我看见你忽然黑发满头，青丝飘扬。我明白你戴上了假发。在假的头发下面，我希望那颗头还是真的，那头脑里的思想还是真的，那脸上的表情还是真的。

你脖子上招展的领带，是金利来，还是皮尔卡丹？商业围追堵截，整个身体，几乎是被品牌和商标包围了，人，是商业的战士、战场，也是商业的俘虏。我从你挂满品牌的身体的缝隙，寻找不曾贴上商标的灵魂和感情，哪怕只是一瞥纯真的目光。

我看见你手指上的戒指了。点点头，我就不与你握手了，免得我的冰凉和你的生硬互相伤害。从你闪光的手，我看见生存的含金量正在升高，我看见河流里那些沉默已久的金子终于越来越多地停泊在一些机敏的手中。

这时候，我隐隐嗅到一点异样的气息，是法兰西芳香的气息，我猜测，你的腋下或某个衣角，悄悄藏着液体的巴黎，我惊讶，地球正在加速缩小，缩小成我们的身体。

你忽然一个趔趄，一只名牌皮鞋断成两截，你骂一句：上当了，假的。幸亏路是真的，大地是真的，幸亏上帝没有弄虚作假，如果他造一个假的地球，比如纸糊的地球或泡沫做的地球，你、我及一切，都将是子虚乌有。

幸亏，总有一些东西是真的。

哲人的瘦

哲人似乎都是瘦的，与瘦的身体形成对比的，是他们思想的伟岸和丰满。再高深、再超验、再抽象的思想和精神活动，总是在身体内部进行的。人很小、很脆弱，而人置身其中的宇宙又是如此大，如此坚固，如此飘忽神秘，如此永恒。哲人把对宇宙万物、对存在本源的敬畏、叩问和求索，都浓缩进自己的思想，如此浩大无边，几乎与宇宙对称的思想却要由小小的肉身担当。沉重的思想压迫和榨取着肉身。哲人无可挽回地瘦下去。假如康德或爱因斯坦也因为养尊处优而胖起来，这个世界将病入膏肓。瘦的哲人拯救着，至少是扶持着这个世界。正如瘦的月亮，一夜夜抚慰着、照看着世界，夜才不那么黑，有时候还很亮。

我不是说瘦一定比胖好。

太瘦或太胖都让人为之捏一把汗。

哲人太瘦，令人担心玉山倾倒高树摧折。

牛奶下肚，将转化成什么

我又捧起一杯鲜牛奶。

我似乎看见，远方的草场上，奶牛专注地吃着青草，它花白的身躯像一座移动的古堡。它怎么也不会想到，它身体里的暖流会进入我的身体。

奶牛啊，原谅我吧。我们篡改了你做母亲的愿望，挪用了你的乳汁，这公然的掠夺，不知是否符合造物者的初衷？也不知是否刺痛了你的心？

一生一世，我们吃掉了多少粮食和植物？而有多少动物，也进入了我们的肠胃。有时候我觉得我们的身体很高贵，是一座庄严的庙宇；而有时候，我又觉得我们的身体不洁而有罪，它竟是埋葬无辜生灵的墓场。

人生天地间，何德以报天？我想我们活着，也应该经常想一下我们的身体和天地万物的关系，由此生发出对生命处境和人生意义的透彻理解和深沉觉悟。毕竟，身体是我们直接要面对的第一现实，伟大的思想能涵盖宇宙，也必须包容身体，而一味远离身体的思想，总显得缥缈而不可信。正视身体，由身体出发而走向宇宙，把身体与万物联系起来，把灵魂与天地精神联系起来。这样的思想，既能被身体感应，也能被灵魂接纳。

而此刻，我喝着鲜牛奶，我思考着我和牛的关系，和草的关系。

牛奶和万物养育了我，我回报给天地的该是什么？我想，这杯牛奶下肚，它转化的不该仅仅是脂肪、体力和征服的欲望。它应该转化出高尚的思想和纯洁的情感，面对那奶牛，那草场，那河流，那无边的自然，我应该深深地感恩。

我这么想的时候，似乎觉得那奶牛已原谅了我。于是我决定，今天早晨必须写一首关于牛的诗。

伤口的深度，就是对生命理解的深度

被火灼伤过，被冰冻伤过，你就彻底知道了火是什么，冰是什么。

被爱刺伤过，被恨杀伤过，你就真正知道了爱是什么，恨是什么。

隔着遥远的距离，我们欣赏并赞美月亮上的环形山，而环形山正是太空陨石轰击月球留下的伤口。

许多深刻的哲理，是由伤口说出来的。

不曾受伤的人，他不会真正懂得什么是疼痛。

我母亲的手上，有九十多道伤痕，她承受了多少劳动的艰辛和岁月的伤害？当母亲安静下来，我看见她的那双手是多么幸福和满足。当母亲举起双手为我送行，我看见九十多个伤口都在向我说话，为我祝福。

我们常常在河边冲洗自己身上的伤口，我们不知道，河流，也是一道难以愈合的伤口。

不必像保存文物一样保存自己的伤口。

但是，伤口，的确是属于我们自己的私人文物。

对往事的回溯，未必不是对伤口的凭吊。

透过伤口看世界，我们会发现一些深刻的东西，和一些肤浅的东西。

或许，生命，就是在伤口里的一次泅渡？

我的身体也流动起来

我躺在水边，我的身体也流动起来。

波涛注入我的内心，我渐渐变得浩瀚。

石头撞击着、滚动着，缓缓地变成沙粒。

鱼群集结在我的四周，它们用腮理解我的存在，用温柔的暴力拍打我。

天光云影飘过我的水面，银河也加入我的水域。河流里还有更深的河流，灵魂里还有更高的灵魂，梦境里还有更远的梦境。在流动的时刻，我理解了神的秘密乃存在的秘密：奇迹后面套着更多的奇迹。

而我是如此谦卑和耐心：与我相遇的，不管是高远的天空，还是一只小小蜻蜓，我都要濡湿它的饥渴的嘴唇，一枝柳条、一枚三叶草伸过来，我都想握住它们的小手，并系上一串小花。

一切倒影我都想保留下来。而一切倒影都注定要破碎。

闪电划开我又缝合我，刀锈蚀了，我不曾留下伤痕。

岁月和往事渐渐变成两岸青山。而我永是奔流，奔流，直到我注入大海，这才发现：通向天空的路才刚刚开始……

死亡，并不是最后的归宿

"我们只是偶然出现在我们注定要消失的地方。"这是一个很机智的说法。而我想对这句聪明的话做点小小的改动："我们只是偶然消失在我们注定要出现的地方。"

谁说不是呢？消失是偶然的，出现则是必然的。

如果我变成泥土，我将以植物的形象再次出现，从一株三叶草上，你会看到我的手势，在一丛野薄荷花里，你会闻见我身体的淡淡清香。

如果我变成风，我将吹送雨、推举云朵，搅动旋涡，它们都在准确地描述我的心情；我甚至不厌其烦地吹动你的头发和衣襟，让你随时感到一点凉意。

如果我变成水，我出现的机会就更多了，我或许是海里的一个波浪，随着盐的无休止的轮回，我未必没有进入陆地的时刻；我或许是瀑布从悬崖上跌下溅起的那朵透明的水花；我或许去到深深的地底，当我重新走回地面，我已经变成泉；我或许是一片雨云，路过你的屋顶就不慎掉落下来，你窗前的雨声，是我说给你的隔世情话，可惜你已经听不懂了。

我的目光将被闪电收藏，在沉闷的夜晚它会出现；

我的头发将被大地重新栽培，它会在森林里出现；

我体内的铁，将返回深山和岩层，经过长久修炼，它会以金属的质地再次出现；

我服从大地的引力，最终我也变成一部分引力，我谦卑地待在事物的背后，让事物在合适的时刻带着我的一部分意志出现；

我是大气层的一部分，我加入这伟大的帐篷，我怀抱万物也向万物交出我自己，在神秘的高处，我看见宇宙无边的心胸。

我可能是卑微的元素，但我仍会影响一块岩石的构造，推迟或提前冰川的形成，一座山的海拔将因我的加入发生微妙的变化，我无法被拒绝于地质演化史之外。

很可能，我会以一朵雪的形象从远方返回来，再一次，在你的呼吸里化成泪水。

我消失，消失的是有限的形体，我获得了无限的可能，我有无数次再生的机会。

我们只是偶然消失在我们注定还会出现的地方……

感　恩

　　生活的每一天都应是我们感恩的日子。

　　向土地感恩。向水稻、玉米、小麦感恩，我们身体的一多半脂肪来自它们，我确信我们情感的一多半也来自它们；向大豆、豌豆、绿豆、胡豆、红豆感恩，它们把季候、节令、土地的情绪提炼成颗粒状的晶体，以便我们随时采摘和品尝；向西红柿、樱桃、枇杷、梨、苹果、橘子感恩，它们不仅为我们的身体提供了大量的维生素，也为我们的语言和感情提供了维生素，我们的诗歌和日常言语中常常用它们作比喻，它让我们看见了爱情、友谊的颜色和质地；向土豆、红薯、地瓜感恩，它们默默生长于泥土里，在被埋没的境遇中，仍坚持植物的使命，寻找着汲取着，把隐藏于地层中的糖分和矿物质捧给我们；向芨芨菜、灰灰菜、鱼腥草、车前草、薄荷、藿香、灯盏花感恩，它们既是食物也是药物，它们奉了土地的叮嘱，如此温柔恳切地呵护我们成长，又细心谨慎地守护我们的健康，望着这些小小的甚至卑微的美丽植物，我真不知道该用怎样的心情和语言，来礼赞和感激它们。

　　向河流感恩，向水感恩。河流从远古、从云雾深处一路走来，它搂抱着山脉、村庄和城市，搂抱着我们每一天的日子，它经过的地方，连石头和沙粒也变得湿润，连动物的毛色和叫声也变得鲜亮，我们内心的水域因了一条条河流的注入而渐渐变得深邃辽远；向泉水感恩，它从幽暗的地层深处提炼透明的乳汁，就像诗人在漆黑的长夜里构思关于黎明的诗句；向溪水感恩，它们像大地的毛细血管纵横交织，在大河流不到的地方，它们细心照看着偏僻地带的植物和鱼，当一个女孩子伏在小溪边照自己的影子，而周围的水仙、野百合也投去自己的影子，这时候，你难道不觉得，正是这小小溪水营造了纯真生动的天然之美？向村头的那眼古井感恩，唐宋元明清，甚至远在汉朝，就有它了，它是一只凝望千秋的眼睛，而每天清晨，最动人的就是父亲弯腰取水的身影，那一刻，他从井里提取的，难道仅仅是一桶水？他把千年的怀想也提上了地面，生存就变得水井一样幽深。向深夜里屋檐上滴落的雨水感恩，那断断续续、点点滴滴的声音，叙说着经历了暴风雨之后，一颗被净化的灵魂的旷远心情，把那或细密或疏落或急切或徐缓的声音串起来，莫不是一曲小桥流水的古乐，莫不是一首情思深远的宋词？

向动物感恩，向生灵们感恩。向耕牛感恩吧，它负着重轭耕犁了几千年的岁月，漫长农业文明的历史，就是农夫与牛共同耕作的历史，请掬起泥土嗅嗅，几乎每一粒土里都散发着牛的气息；向奶牛感恩，它被迫中止了做母亲的愿望，而把乳汁交给人类，交给婴儿的奶瓶，我已经几十岁了，我有时也喝牛奶，小时喝母亲的奶，大了喝牛的奶，一生一世，我们何曾脱离过母性的哺养？向羊感恩，它们在辽阔原野上一茬茬生长，一茬茬消失，它们咩咩的叫声是天地间最纯真的歌唱，而此刻，我情不自禁摸了摸我身上的羊毛衫，仿佛摸到了羊身上的温暖——有多少只羊守护着我的体温？在远离草原的地方，我的身上却覆盖着草原上的青草和阳光，这全是因了那些温柔天真的羊。向马感恩，向驴感恩，它们负载了额外的生存重量和压力，使我们得以有了相对轻松的生存，使我们有了休息、沉思、遐想的时刻，我甚至觉得，马和驴代人负重，正是造物者一个良苦用心：动物多做些体力活，这样人类就可以静下来沉思生存的意味，领略天地的大美，酝酿高尚的思想，当一个古代诗人骑马涉过河流，吟出一首流传千古的诗章，我们能不能说：马也参与了这首诗的创造，踏踏的马蹄，是至今仍在我们耳畔缭绕的不朽诗韵。向昆虫感恩，向蚕感恩，沙沙沙，它咀嚼和吐丝的声音是弥漫千年万载的细雨，丝绸穿在历史的身上，经经纬纬针针线线，都是辛苦的蚕和辛苦的织女们纺织；向蝴蝶感恩，它在春天深处传布着草木之间的好消息，它搬运着美，在搬运途中死去，死去了，就沉睡在草木根部，让来年的花朵汲取它的气质，它就像一个寓言，告诉我们，在自然界，存在着一种为美而美、为艺术而艺术的纯粹生命形式，比如蝴蝶；向蟋蟀、蛐蛐、蝈蝈感恩吧，向连夜工作的纺织娘感恩吧，它们在阡陌、田间、旷野、荒郊、墓地、墙角、路畔、草丛，修建了自己的简陋房舍，在小小作坊里，做着我们不理解的事业，用细细的琴弦，弹奏着孤独感伤的乐曲，我们永远不知道它们为什么而活着，它们也从不因为我们对它们的不了解和有意无意地伤害，而责备我们或报复我们，它们永远把我们当作它们放心的邻居，从远古到如今，它们围绕我们歌唱着，念念有词地对我们说着什么，告诫着什么，我们都不怎么理会，只是偶尔，一些爱幻想的少年和诗人突然从它们的声音中听见了什么暗示，就脱口而出说出几句童谣或歌谣。总之，这些可爱的令人费解的虫子们，以它们永不失传的语言，述说着它们生存的寂寞，也减少了我们的寂寞，它们是一些演奏无标题音乐的音乐家，它们的音乐无法解释，如同风声和水声无法解释，那是洒向心灵的声音。向鸟感恩吧，向燕子、喜鹊、布谷鸟、黄鹂、白头翁、麻雀、白鹤……向所有的鸟感恩，它们在森林，在河流，在原野上空，在所有它们能到达的地方，飞着，歌唱着，为简单的生存辛苦劳碌着，在大自然的教堂里，它们是传播福音的真正天使；有鸟歌唱的地方，一定是适宜人居住的地方，也是适宜于诗生长的地方，没有鸟的地方，我发现那里人情冷漠，诗意全无。鸟栖落在我们的屋顶上，这给了我们莫大的惊喜，一只见过天地大世面的鸟儿，看上了我们小小的屋顶，这该是多大的礼遇呢，这是不是说明我们的屋子虽小虽低矮，却并不亚于天堂的设计，至少具备了天堂的一部分特征：比如安全、温暖、对美和善的事物不存恶意，要不，飞遍天空的鸟怎么会选中我们小小的屋顶呢？

我丢失的月光

我记得那个十八岁的夜晚。我送刚上完晚自习的女同学回家。当时天很黑，我们步行要经过几座野坟，涉过两条小河，还要穿过一片人烟稀少的旷野。我很感激这位女同学对我的信任。她长得漂亮，又很聪明，我朦胧中爱慕着她。我本来也怕走夜路，但得了她的信任，一下子有了英雄的胆量，不仅不怕，而且暗暗希望出一点不大不小的险情，我会奋力保护她，甚至为她受伤，也是我的幸福。险情没出，月亮却出来了。旷野被月光浇铸成半透明的梦乡，远山隐约如突然驶回来的古船，河水粼粼着世上能想象到的最好的丝绸，麦苗和野草佩戴着露珠的首饰，俯下身去，就能发现植物的快乐，肯定是动物和人所不能体会的。

但是我也有植物不能体会的快乐。我走在月光里，走在露珠的叮当声里，走在无数星星凝视着的时间里，我的身边走着一位纯洁的姑娘。天空无限，旷野辽阔，天与地之间，是月光铺成的长廊，就这样一直走下去，月光就这样铺下去。我们到达的尽头会是什么呢？肯定是一个好地方，肯定是有着更多月光的地方。

在一望无际的月光里，走着两个单纯的身影。我的身边，是一位美丽的姑娘。

那个夜晚，我心里没有半点非分的冲动和想法。我甚至没有想过她的身体，似乎也没有看见她的身体，我觉得，和我一起行走的，是一片温暖而胆小的月光。

月亮用天上的光雕塑我们。我当时想，也许就为了让我们更美丽更清澈，月光才长途跋涉来到地上。它用亘古的皎洁仔细地渗透，长久地覆盖，反复地浇铸，就是为了让大地上的身影配得上天上的光亮，就是为了让生命的存在成为一件美好的事情。

那个夜晚我多么幸福啊。我的身前身后头顶脚下全是月光，我的身体里灵魂里全是月光。

那难忘的十八岁的夜晚，十八岁的月光。

不瞒你说，从那以后，我的夜晚渐渐混乱，我的月光也渐渐稀薄，在月光下看人看物，很少有那种透明的感动，我已经变得复杂（据说是成熟）的眼睛，再也看不见单纯的形象里呈现的无限意味。假如在今夜的月光里走过一位女性，我首先看见的是她的身体，也会想起她的灵魂，但不是用眼睛看到的，而是用文化的方法和语言去解释出来的。当然我不会轻易有什么非分的冲动和想法，但是，那种透明的、从灵魂里荡漾而来的美好感觉却是很少了。

即使我活到八十岁或者一百零八岁，我都觉得那十八岁的月光，是一生里最好的月光，是最应该珍藏的月光。

泪水使我们想起身体里有一个海

曾有三次，我被来自另一些脸庞的泪水深深感动。

一次，是我看见一位少女陶醉在初恋里的纯真眼泪。

一次，是我看见母亲望着天边的飞鸟默默落泪。

一次，是我看见一头负重的怀孕母牛眼角的泪水。

我想把少女的泪珠串成项链，即使我贫如乞丐，我仍然拥有可以欣慰的记忆，我拥有来自另一个生命的最珍贵的礼物。

我想把母亲的眼泪封存在岩层里，多年以后，大地被洗劫得空空荡荡，深入岩层，我们仍然能找到人性的珍珠。

而牛的泪水告诉我：是另一些生灵替我分担了额外的痛苦，今生，我找不到适当的语言表达我对它的歉疚和感激，在可能的将来，我或许会变成一片草叶拂去它眼角的泪水？

泪水，使我想起生命的共同起源。

泪水，是这样动人地告诉我们和大海的血缘关系。

我们必将在海上重逢。当我们陆续在阳光下消失，那时，海将收藏我们。

在层出不穷的波浪里，轮回着我体内的盐和记忆……

对孩子说

你必须吃很多粮食、蔬菜、水果，饮很多水和奶，才渐渐增长自己的身高和体重。记住，是土地供给你营养让你渐渐高出土地，你不要忘了随时低下头来，甚至要全身心匍匐在地面上，看看土地的面容和伤痕，为了你站起来，土地一直谦卑地匍匐着，在伟大的土地面前，你一定要学会谦卑。

为了生长，你不得不多吃一些东西，这就不得不请求别的生命的帮助，这就难以避免地伤害了它们，憨厚的猪、勤劳的牛、忠实的狗、善良的羊、活泼的鱼、诚恳的鸡……都帮助了你的生长，多少牺牲构成了生命的庙宇。看似理所当然的过程，实际却充满着疼痛和伤害。为此，感恩和忏悔，应该成为你一生的功课，这样或许沉重了些，但沉重之后，你将获得真正的美德。

你将吃很多的盐，然后渐渐汇成内心的深海，并体会那种咸的感情。

你将翻过许多山，很可能你找不到通向峰顶的路径，那么继续攀缘吧，许多迂回重复的路，使你的记忆弯曲并有了深度；而当你终于到达一座山顶，你会看到更远处那积雪的山峰，于是你知道，你必须不停地出发，生命就是不停地开始，只有过程，没有顶点。

你必须经历很多个夜晚，为此，你应该多准备一些灯盏。学会把灯高高地举起，不仅照亮了自己的夜晚，也为远处的另一位夜行者提示了路的存在。

244

永远向高处、向远处敞开胸怀，你将获得辽阔的心胸和源源不竭的激情。

但是孩子，你必须随时把目光从高处远处收回，看看低处，学会尊重和热爱低处吧，热爱低处的人，热爱低处的劳动，热爱低处的水域。化作一滴水汇入低处吧。最低处的海，最低处的水，养活着这个世界。

当然，孩子，我仍然没有说清楚什么；真理的金子是隐藏在黑夜的泥沙里的。为此，你必须走向你的河流，深入你的波涛，淘洗和寻觅吧，当整整一条河流都从你的手指间漫过，或许你会发现一些闪光的颗粒。

即使注定不会有什么发现，你也必须走向河流，与它一同发源，一同奔流，一同历险，一同化入苍茫。

孩子，向自己的河流走去吧……